Opal
オパール文庫

モテすぎ御曹司に
なぜか言い寄られてます

佐木ささめ

プランタン出版

※本作品の内容はすべてフィクションです。

第一話　イケメンパパに言い寄られてます⁉

　土曜日の午前八時三十分。渋谷《しぶや》区にある歯科医院《デンタルオフィス》〝プルクラ〟に出勤した加賀見世那《かがみせな》は、ロッカールームで薄桃色のスクラブとパンツに着替えた。

　肩甲骨まで伸びた髪を一つにくくり、前髪はピンでサイドに留める。

　ロッカーの鏡に映る姿は、いつも通りの派手すぎず地味すぎないメイクをした、平均的な容姿の自分。

　よし、と心の中で呟きロッカールームを出ると、同僚と共に診療開始前の準備を始めた。

　その途中、スタッフの一人が話しかけてくる。

「ねえ加賀見さん。今日って例の親子が来る日よね？」

「ええ、まあ……」

「チラッとしか見えないのが残念なのよね。私もあの親子の担当になりたい」

　このデンタルオフィスでは担当衛生士制――歯科衛生士が一人一人の患者と長く付き合い、口腔メンテナンスを担当している。誰の担当になるかは院長が決めるのだが、同僚が話す〝例の親子〟は向こうから世那を指名した。

　なのでおいそれと担当替えはできないのに、それでも替われるものなら替わってほしいとの願望が伝わってきた。

　世那は彼女の言葉を笑って聞き流すほかない。

　午前八時四十五分。診療開始前の朝礼でスタッフルームに人が集まってくる。世那を除くスタッフはやたらとソワソワしており、受付のスタッフなどいつもよりメイクが濃い。全員が全員、〝例の親子〟を意識している様子だった。

　院長の真宮《まみや》が、「おはよー」と眠そうな顔で入ってくる。

「えー、本日の予約は……まず最初は甲野《こうの》結衣《ゆい》ちゃんね。定期検診で加賀見ちゃんが担当。で、九時十五分からは――」

　タブレット画面を見ながら予約者名を告げていく。朝礼はいつも通りすぐに終わった。

「――以上が午前診療分の予約です。週末でお疲れだろうけど、頑張って乗り切りましょう！」

　朝礼後、世那は小児診療用の個室へ向かう。しかし他のスタッフたちは気もそぞろで、開院すると受付の背後からキッズルームをチラチラ見ている。

本日一人目の予約者が気になって仕方がないのだ。正確には四歳になる患者ではなく、その子の付き添いで来る父親が目当てで。

この父親、ものすっごいイケメンだったりする。

端整な顔立ちとバランスの取れた長身の持ち主で、既婚者と分かっているのに自然と目を惹かれてしまう。世那も初めて見たとき、俳優かモデルさんかな？　と思ったほどだ。

当院はスタッフが全員女性なので、彼女たちの心が浮き立つのも頷ける。……けれど世那は彼を思い出すたびに、モヤモヤとした気持ちを覚えるのだ。あることがきっかけで、患者の父親が苦手になったから。

そのとき院長が世那の肩をポンと軽く叩いた。

「加賀見ちゃん、笑顔笑顔。なんか暗いわよ」

「……真宮先生。結衣ちゃんの担当って替えていただくことはできませんか？」

「えっ、なんか問題でもあった？」

「結衣ちゃんではなく、お父さんの方が苦手で……」

「うーん、私は構わないけど、結衣ちゃんが納得するかしら？　他の衛生士で泣かれて、うちに来なくなったら困るじゃない」

そう言われると口を閉じるしかない。

小児の患者は経営者にとって非常に大切だ。子どもが当院を気に入ってくれたら、成人してからも通ってもらえる。それは患者数の減少を防ぐことになるし、口コミで他の患者を増やしてくれる可能性もある。

逆に子どもが嫌がる歯科医院は、その家族からも嫌われる運命だ。

そのため院長は小児歯科に力を入れている。患者の希望を退けるなど、ありえない。

むぅ、と唇を尖らせた世那を見て、院長はケタケタと笑った。

「女しかいない職場で目の保養は大切なのよぉ。いいじゃない、付き添いの親なんて子どもが大きくなればついてこなくなるし」

ニヤリと魔女のように笑う真宮は、「じゃあ頼んだわよ」と言い置いて自身の診療個室へ去っていった。

……まあ、院長の言いたいことは分かる。何しろ歯科医院の数はコンビニより多く、患者獲得に経営者はしのぎを削っている。安定した経営を続けるためにも、多くの患者に来院してもらわねばならないのだ。

――それで私はここに呼ばれたんだから。頑張るしかない。

世那はとある地方の出身になる。短大を出て歯科衛生士の資格を取り、ずっと地元で働いていた。しかし老齢の院長が引退する際、後継者不在で歯科医院を廃業することになり、失職した。

このとき老院長の伝手《つて》で、東京《とうきょう》のデンタルオフィスが〝幼い子どものあつかいが上手な歯科衛生士〟を探しているからと、プルクラを紹介された。

地方に生まれ育った世那にとって、遠く離れた大都市へ行くことに迷いはあった。しかし遠くと言っても、東京まで特急を使えば二時間程度で着ける距離だ。給与は増えるし、田舎特有の閉塞感から離れたいと思っていたので頷いた。

午前九時。世那は小児診療用の個室で、ぬいぐるみの位置を直しつつ待機する。

このデンタルオフィスは高級住宅街に近いせいもあって、院内はラグジュアリーホテル並みの格式高い空間になっている。シャンデリアの光で輝く御影石の床に、アンティークソファがゆったりと配置された広い待合室など、ホテルラウンジを思わせる設備で、優雅な時間を過ごせるよう配慮されていた。

幼児や保護者同伴の小学生は、待合室とは別のキッズルームから、世那のいる小児診療用の個室へ入ることになっている。

やがて開放されたスライドドアを歯科助手がノックした。

「はい、どうぞ」

世那が返事をすれば、ドアからひょこっと幼女が顔を出す。

「こんにちは！」

「こんにちは、結衣ちゃん。今日もよろしくね」

太陽のように明るい表情が実に可愛く、世那は相好を崩す。けれど幼女の手を握る父親と目が合った途端、スンッと営業用の笑顔に変えた。

「こんにちは加賀見さん。よろしくお願いします」

……こちらの目が潰れてしまいそうなほど、光り輝いて眩《まぶ》しいイケメンスマイルだ。

彼に反感を抱く世那であっても、「この人、やっぱりめちゃくちゃ顔がいいな」と胸がときめいてしまうぐらい格好いい。イケメン無罪なんて言葉があるけれど、あれはこの世の真理を表していると妙な納得をする。特にまつ毛が長くて中性的な色香があり、目が合うだけでふらふらと近づいてしまいそうな吸引力があった。

とはいえ彼に用はない。世那はさらっと挨拶をして患者に向き合った。

「じゃあ結衣ちゃん。チェアに乗ってくれるかな」

「はーい」

患者は素直に治療用チェアに乗ってくれる。心の中で拍手喝采だ。なにせ来院初日は本当に大変だったから。

彼女がう蝕《しょく》（虫歯）の治療で当院に来たとき、まだ三歳だった。前に通っていた歯科医院からの転院で、どうやらその病院で嫌なことがあったらしく、キッズルームにいるときからすでに泣いていた。

診療個室に案内されても嫌がってチェアに乗ろうとしなかったため、子どものあつかいがうまい世那が呼ばれた次第だった。

それ以降、世那は患者に指名されて担当衛生士になっている。

「結衣ちゃん。今日は虫さんが結衣ちゃんのお口にいないかチェックするね」

「虫さん、やっつけないの？」

「結衣ちゃんが頑張ったから、虫さんはいなくなったんだよ。でもまたやって来るかもしれないから調べようね」

「虫さん」とはう蝕のことで、幼い子どもには「痛い」「怖い」といったネガティブなイメージはすべて「悪い虫さん」のせいにしている。歯科医師やスタッフは悪い虫さんをやっつける勇者で、患者の味方なのだ。

……との設定で常に言葉がけを続け、なるべく沈黙の時間を減らすようにしている。何をされるか理解できない幼い患者にとって、マスクをした医療従事者は怖い存在らしい。無言で近づけば泣いてしまう。

世那は患者が好きだという、ネズミーミュージックのオルゴールを鳴らし始める。

「今から虫さんチェックを始めます。この音が止まるまで頑張ろうね」

「うん！」

いい返事がもらえたのでさっそく検診を始める。

すでにう蝕の治療は終わっているものの、この患者は口腔内のリスクが高いため、三ヶ月ごとの定期検診をお願いしている。治療ではないので、医師ではなく歯科衛生士の担当だ。

世那はチェアのすぐそばに保護者用の椅子を置いて父親に勧めた。

患者は父親が大好きなようで、彼と手を握っていればジッとしている時間が延びる。

それに子どもは不意に驚くことがあると、術者の手を払いのけようとするから危険だ。

でも信頼する者のぬくもりを感じ取れば、落ち着いてくれる。

……ただ、父親の視線が子どもではなく世那の方に向けられているから、若干イラッとする。こっちは患者の好きな女児向けテレビアニメについて話しつつ、手を動かしているのだ。集中が切れると言葉が続かない。

子どもは我慢できる時間が短い。世那は患者に気づかれないよう、オルゴールが止まる前に再び鳴らして、時間を引き延ばしていることを悟られないようにする。

仕上げのフッ素塗布には、ぶどう味といちご味のどちらかを患者に選んでもらう。今日はぶどう味だった。

なんとか検診を終えて患者にうがいをしてもらっている間、父親へ説明する。

「虫歯はありませんでした。口の中も綺麗でご自宅でも丁寧に磨いておられますね。この状況を維持するためにも、また三ヶ月後に診《み》せてください」

「ありがとうございます。この子がこんなに大人しく治療を受けてくれるなんて思いもしませんでした」

スッと父親が右手を差し出してくる。

――じゃんけん、したいのかな?

馬鹿なことを考えたが、大人しく世那も右手を出して握手した。すると彼が左手まで添えて両手で包み込む。

「連絡、待ってます」

「なっ……」

すぐに離してくれたが、手のひら全体で感じ取った温かさに、じわじわと顔が熱くなるのを止められない。

――ああ、やっぱりイケメンって無罪だわ。セクハラとか思わないもん。

「ゆいもあくしゅしたいー!」

患者が手を差し出してくれたので、世那は笑顔で握手をする。親子を見送れば、始業したばかりなのに疲労感が襲ってきた。

――あれで既婚者じゃなければなぁ。

世那だって、絶世の美男子に色目を使われたらときめいてしまう。これで性格が悪そうならなんとも思わないが、彼は物腰も柔らかくて高慢な感じはせず、印象も悪くない。

だがいくら相手が美形で極上の男でも、不倫に頷くことはない。自分が不幸になるだけだ。

彼の思わせぶりな視線を、最初は自分の勘違いだと思っていた。結衣が大人しく治療を受けてくれると世那を褒めるのも、今まで子どもの通院に苦労した反動だと思っていた。なにせ自分は平凡な容姿だ。彼のような極上の男に気に入られる理由が見当たらない。

でも前回、結衣のう蝕の治療がすべて終わった日、帰り際に名刺を差し出された。

『プライベートでお会いしたいんです。ご都合がつく日があれば食事に行きませんか』

名刺の裏には手書きで電話番号が記されていた。

世那は予想もできない状況に放心したが、我に返ると即座にお断りした。既婚者が自分の子どもを連れているときにナンパするなど、己の常識ではありえない。

そのときの彼は、そうですか、と寂しそうに微笑んでいた。……美形がそんな表情をすると、自分が悪いのかなと罪悪感が刺激されるほどだった。

心の片隅で、「奥さんと別れたのかも?」と思ったけれど、以前結衣が、『はいしゃさんでなかなかったってママにいったら、ほめてくれた!』と嬉しそうに話していたから、やはりクズ男である。

そして今日、とっくに彼も諦めたと思ったのに違った。そんなに浮気がしたいなんて、結衣のことを思うと悲しくなる。

とはいえ今は仕事中。

はぁー、っと大きく息を吐いてモヤモヤを吐き出し、キリッと顔を上げる。

次の予約患者は二歳児で気が抜けない。未就園児を泣かせずに口の中を診ることは本当に難しいのだ。というか泣かれるのは当たり前なので。

そして一度子どもを泣かせてしまうと、泣き止んで落ち着くまで時間がかかる。次の予約患者が来るまでに治療を終えたい焦りから、医院側はイライラする。その気持ちを子どもは敏感に察してさらに泣く……という悪循環だ。

患者に治療を拒否されたまま帰したら、うちの評判はガタ落ちになる。それを防ぐために、世那には幼児の患者が集中しているのだ。

歯科衛生士は自分以外にもいるのだが、彼女らは世那ほど子どもの対応がうまくない。そのため幼い患者の親から、「治療時の助手と定期検診は加賀見さんにやってほしい」との指名が多い。子どもを泣かせたくないのは親も同じなので。

そんな期待で土曜日は予約がぎっしり詰まっている。世那は次の予約患者のカルテを見ながら、気持ちを切り替えた。

◇　◇　◇

まだまだ厳しい暑さが続く、九月上旬の日曜日。

世那は東京駅から特急電車を使って故郷へ向かっていた。兄からの呼び出しで。

『ごめん。会社がヤバいことになった。話し合う必要があるから、こっちに来てくれ』

悲愴感ただよう兄の声に、通話で詳しい事情を聞き出すこともできず、こうして貴重な休みの日に帰省している次第だ。

——とうとう駄目だったかぁ。

もうため息しか出てこない。いつかこうなると予想していたから。

世那の実家は加賀見酒造株式会社という、戦後すぐに創業した小さな酒造メーカーだ。合成清酒やホワイトリカーなどの紙パック蒸留酒、工業用アルコールを製造販売している。

初代——世那の曾祖父はなかなか商才のある人だったらしいが、二代目の祖父と三代目の伯父は理想を追い求めることに夢中で、経営はからっきしだった。

二人とも職人タイプのようで、売り上げを大きく伸ばすよりも、クリエイターとしてこだわりの製品作りを追究してしまうのだ。

その伯父は九年前、日本産ウイスキーブームが高まりつつある頃、クラフトウイスキー造りに意欲を見せた。

単式蒸留器《ポットスチル》やタンクなどの設備を導入し、敷地内に樽貯蔵庫も建設して、ウイスキー造りに情熱を注いだのだが……稼働し始めて二年にも満たないうちに、交通事故で早逝した。

——伯父さんが生きていれば。借金も返済できただろうに。

ウイスキービジネスは初期投資額が大きく、いまだに設備費用を回収できないでいる。

伯父の奥さんは専業主婦で加賀見酒造にはいっさい関わっておらず、四十九日を過ぎると娘を連れて実家に帰ってしまった。

当時、老齢で引退していた祖父は、涙ながらに次男坊——世那の父親に頭を下げた。どうか家業を継いでくれ、と。

当時の父親は地元の中小企業で働くサラリーマンだった。中間管理職としてそこそこ活躍していたから断ることもできたのに、父親の懇願と兄の遺志を見捨てられず、退職して家業を継ぐことにした。

けれど父親は自分が社長になると思っていなかったのもあって、会社を成長させることができず、業績は下がる一方。

——たぶん借金でどうにもならなくなったんだろうな。

お願いだから工場で首をくくらないでくれと、心の中で泣きながら実家へ向かった。


世那の実家では娘が帰省して家族が集まると、家の外でファミリー会議をする習慣がある。

本日は母親の希望で中華料理の店へ向かった。

ちなみに母親は加賀見酒造の取締役副社長——といっても実際は経理担当の事務員——で、兄は取締役専務だ。

世那は会社に関わっていないが株主であるため、一家団欒は非公式の株主総会でもある。なにせこの場にいる家族四人で、自社株式の八十六パーセントを保有するので。

「お母さん、会社って今どうなってるの？」

麻婆豆腐をよそいながら聞いてみると、母親はギロッと息子を睨みつける。

「なんとか倒産を免《まぬか》れていたけど、この馬鹿がよけいなことを始めたから時間の問題かしら」

慌てて顔を逸《そ》らした兄の理久《りく》が、ごまかすように店員を呼んでビールを頼んだ。

「お兄ちゃんが何をやらかしたの？」

「クラフトジンを始めたのよ」

「ジン？　ウイスキーはやめたの？」

そこで理久が、「やめてない。クラフトジンは今ブームが来てるし、早く売れるんだよ」と語り出した。

近年、世界的に人気が高まっているジャパニーズクラフトジンは、日本由来のボタニカル――山葵《わさび》や山椒《さんしょう》、日本茶などを使用した個性的な味と香りが魅力だ。蒸留後すぐに瓶詰めして販売できる。

「ウイスキーって、なかなかキャッシュが入ってこないじゃん。でもジンならすぐに現金化できるし」

「売れたらの話でしょ？」

当然のことを指摘すれば、兄はそっと視線を横にずらした。

「だいたいウイスキーだって、熟成させずに売ることもできるじゃない」

ニューメイク、またはニューポットと呼ばれる、蒸留したての無色透明なウイスキーもある。

だが理久は首を左右に振った。

「試験的に売ることはできるけど、メインの商品にはならない。やはり市場は樽熟成させた琥珀色のウイスキーが主流だ」

ウイスキーは製造から出荷まで、数年、または数十年もの時間を必要とする商品だ。加賀見酒造では、三年以上の熟成を経たウイスキーから販売している。

つまり蒸留しても、売り上げが発生しない期間が最低でも三年あるのだ。その間も次のウイスキーを仕込むため、原料代や人件費などは毎年計上される。

ウイスキーは熟成期間が長くなればなるほど価値が高まる商品ではあるが、それに比例してコストも累積し、経営を圧迫するビジネスだった。

そこでふと、世那はあることを思い出す。

「伯父さんのウイスキーならすぐに売れるんじゃないの？　もう売り切ったの？」

亡き伯父が蒸留したウイスキーは、熟成を始めてからすでに八年がたっているはず。

「あれは今リリースするより、十年、いや、できれば十二年の熟成ものとして売った方がいい。強気の価格設定ができる」

だからあと数年は寝かせたいと理久は主張した。つまり伯父のウイスキーは、いまだに一円の利益も出していないのだ。

世那はバッサリと切り捨てる。

「いや、もう売り出そうよ。お金がないんだから」

「なに言ってるんだ！　あと少しで付加価値が上がるんだぞ！」

「その少しが耐えられないんだって。ブレンド用に使えば若いウイスキーの味に深みが出て、人気が出るかもしれないじゃない」

「伯父さんのウイスキーはもう二度と生み出されないんだぞ！　今売ったら伯父さんが草葉の陰で泣くだろうが！」

「そういう考えだから借金が減らないのよ」

頭が痛くなってきた世那は、こめかみを指先でグリグリと押さえる。財務状況が改善しないのは、そういうことかと察した。

伯父が亡くなってから数年たって、他の蒸留所で修業していた兄がウイスキー事業を引き継いだ。そして昨年ようやく、新しいウイスキーが出荷されて胸を撫で下ろしたばかりだ。

なのに現金化していない商品が山のように眠っているとは。

「それで蒸留後、すぐに出荷できるジンを造ろうと思ったのね」

「そう！　蒸留所の背後にある山でジュニパーベリーが自生しているだろ？　あれを使っていいものができたんだ！」

「馬鹿なの？」

「えっ」

「お金がないときに、さらにお金をかけてどうするのよ。新製品を作ったからって、すぐに売れるわけないでしょう？　販売計画はどうなってるのよ」

兄がチラッと父親へ視線を向ける。世那もそちらを見れば、子どもたちに見つめられた父親は気まずそうな表情になった。

説明したのは母親だ。

「お父さんの友人の息子さんがね、コンサルタントの会社に就職したそうなの」

「その人に依頼したの？」

「そう。……全然ダメだったわ」

「え、でも、お金は払ったんでしょ？」

「もちろんよ。コンサルト会社は別の人間を寄こすって言ったけど、お父さんが怒って契約を切ったのよね」

「返金は……」

「こちらから言い出したことだから、ないわ」

ここで父親が、「あいつの息子なら、信頼できると思ったんだ……」と根拠のないことを呟いた。経営者とは思えない見通しの甘さである。

テーブルに沈黙が満ちて、一家団欒が団欒でなくなってしまった。

――コンサル費用って、安くはないんだろうな。

世那は絶望的な気持ちで大皿から春巻きを取って食べる。パリッとした皮の食感が好きなのに、今日は美味しいと思えなかった。悲しい。

沈痛な面持ちでビールを飲んでいた理久が、すぐに真面目な表情になって身を乗り出した。

「だからさ、もうここはM&Aするしかないと思うんだ」

「――会社は売らん」

父親が顔を伏せたまま言い切った。

「うちの会社はじいさんが戦後の苦しい中で起ち上げて親父が守ったんだ。兄貴だって続けたかったはずなのに、俺の代で他人に渡すわけにはいかん」

「そんなこと言っても、もう潰れかかってるじゃない」

娘の正論に父親はうなだれる。

「お父さんの気持ちはわかるけど、倒産しちゃったら守ることもできないわよ。――でも負債がありながら買ってくれる企業なんてあるの？」

後半の言葉を兄に向けて話せば、「ないわけじゃない」と理久がクリアファイルを渡してくる。

「この会社がウイスキー造りに興味を持ってくれた」

企業説明会で配る採用パンフレットみたいなものが入っている。表紙には〝甲野ホテルホールディングス株式会社〟との社名があった。

――甲野？

不倫に誘った男の名字と同じだ。……偶然だろうか。それに社名も聞いたことがあるような気がする。まあ、たぶん、偶然だろうけど。

パンフレットをめくると、ホテルやゴルフ場、レジャー施設などを運営する大手企業の会社案内だった。

「そこの企業、今までラグジュアリーホテルを運営してたんだけど、五年前からアートホテルを造り始めたんだ」

「アートホテルって？」

「ホテルの施設内でアート作品を楽しめたり、客室そのものが芸術作品になってるやつ」

「あー、なんか雑誌で見たことある。でもその大企業が、うちみたいな弱小メーカーを買ってどうするのよ?」

「オーベルジュの計画があるから、そこでしか飲めない酒を造りたいって」

ようやく話が見えてきた。

「でもそれならホテルブランドの商品を作ればいいじゃない。そういうの、確かやったことあるわよね?」

父親に視線を向けると、肯定が返ってくる。地元企業の依頼で、オリジナルの梅酒を造ったことがあると。

しかし兄は、「そこらへんは俺じゃ分からんよ」と肩をすくめた。

世那にも分からないが、商品の製造依頼ではなく、会社そのものを必要とする理由があるのだろう。

加賀見酒造は、創業から営んでいる中核《コア》事業なら利益が出ている。赤字なのはウイスキーとジンを含むスピリッツ部門だ。採算が取れない事業なんて切り捨てるところなのに、その企業はそれこそ欲しいという。

――今は空前のジャパニーズウイスキーブームだから、かしら?

国産ウイスキーは、国内だけでなく海外からも大きな需要がある。しかも供給が追いついていないため、その価格が高騰し続けていた。普通にウイスキーを造って売れば、利益を生み出す可能性が高い。

「じゃあ、買収されたらウイスキー事業だけ切り離すことになるのかしら？」

「――加賀見酒造から兄貴のウイスキーを出すのが、加賀見家の悲願だ」

またもや父親がぼそっと呟いている。世那は肺の中を空にするほど長いため息を吐いた。

代表取締役である父親が反対していたら、M＆Aなど進まない。

――なるほど、それで私を呼んだのね。

兄は、祖父や伯父と同じ職人タイプでマネジメントに弱い。

母は文句を言いつつも、夫には逆らわない主義だ。

そのため娘はいつも家族の調整役だった。今日は父親の説得要員らしい。

世那は景気づけに紹興酒を呷った。

「……お父さん、このままだと会社は倒産します。でもお父さんは会社を売りたくないし、赤字部門を切り離したくもないのよね」

言ってて情けなくなった、子どものわがままかと。仮にも経営者の考えることじゃない。

しかし感情的になっては、頑固親父をますます頑なにさせるだけだ。

「私も不勉強なのでハッキリしたことは言えないけど、昨今のM＆Aって、会社を売っても元の社名を残し、社長も社員もそのまま働くことができると聞くわ」

父親は腕を組み視線をテーブルに落としたままだが、眉がちょっと動いた。

「つまり自社株のみ、買い手企業に渡すってことよ。他は今まで通りだわ」

「……そんなうまい話があるのか？」

父親が反応した途端、兄が口を挟んできた。

「それは俺も散々言ってきただろ。うちのブランドを残す未来もあるって」

「おまえは蒸留以外のことは信用できん」

兄が不機嫌そうに唇を尖らせている。

世那は店員を呼んでビールを頼むと、兄に飲ませて黙らせておいた。

「お父さんの懸念はもっともだわ。確かに会社を譲渡《じょうと》した場合、今とはまったく同じじゃないでしょうね。経営方針を決めるのはお買い上げした企業だもの。だから相手企業とよく話し合わないと」

そこで兄がパッと表情を明るくする。

「じゃあ世那も協力してくれ」

「何を？」

「Ｍ＆Ａの相手先企業の人と会うから、おまえも同席してくれよ」

「は？　なんで私が。社員じゃないんですけど」

「――そうよ、お父さんやお兄ちゃんより世那の方が頼れるわ」

母親が口を挟んできた。勝手に決めないでほしい。

「いやでも、会社の未来を決めるときに部外者が口出しするわけには……」

「構わん。おまえを取締役にすればいい」

父親も顔を上げて訴えるような眼差しを向けてくる。

「えぇー……」

家族経営の恐ろしいところが出てしまった。代表取締役《オーナー》が議決権のほとんどを保有しているため、一般企業ではありえないことが簡単にありえてしまう。

一家団欒という名の株主総会だったのに、いきなり取締役会へチェンジしてしまった。

「……分かりました」

世那だって家族が加賀見酒造に向ける想いを理解している。なんとかしたいとも思っている。

渋々と頷くしかなかった……

◇　◇　◇

東京に戻った世那が真っ先にしたことは、デンタルオフィス〝プルクラ〟の就業規則を確認することだった。家族の威圧と情に負けて取締役に就いたものの、勤め先が副業を禁止していたら協力できない。

帰京した日曜日の夜、院長の真宮へ、『実家の仕事を手伝うことになりました。そのことについてご相談したいのですが』とSNSで相談したところ、すぐに返事が来た。

『明日のランチおごってあげるから詳しく聞かせて』と。

そして月曜日。午前診療が終わった途端、真宮に拉致された。プルクラから少し離れた日本料理店へ連行される。

懐石ランチを注文した真宮が真剣な表情を向けてきた。

「それでっ、どういうことなの？　まさかうちを辞めるわけじゃないわよね？　違うわよねっ？」

歯科業界は慢性的な歯科衛生士不足だと知っているが、鬼気迫る様子にはさすがに引いた。

「辞めません。守秘義務があるので詳しいことは言えないんですが、休みの日に家業を手伝うことになったので、就業規則に違反してないか心配で」

「あっ、そういうことね。びっくりした……」

退職ではないと分かってホッとしたのか、真宮は肺の中を空にするほど大きく息を吐いている。

「ご心配をおかけして申し訳ありません」

「大丈夫よ。えっと、つまり副業について知りたいのよね？　うちは副業禁止と決めてないはずよ。まあ推奨もしてないけど」

真宮は安心したせいか、座椅子の背にだらしなくもたれかかった。

「でも加賀見ちゃん、二ヶ所から給料をもらうと面倒くさいことになるわよ。確か確定申告をやらなきゃいけないんじゃない？」

「あー……、副業の報酬は現物支給なんです」

「マジでぇ？」

目を丸くする真宮に、世那は苦々しい顔つきで頷いた。

昨日、タダ働きはごめんだと主張したところ、兄が新製品のクラフトジンと、ラベルのないウイスキーを差し出してきた。

『これが伯父さんのウイスキーだ！　まだ世に出てないプレミアもんだぞ！』

いい笑顔で酒瓶を掲げる兄の横っ面を、張り倒してやりたい気持ちになった。が、ちょっぴり伯父のウイスキーに興味があったので、とりあえずもらっておいた。

帰宅して試飲したところ、意外なことにめちゃくちゃ美味しかった。

――すごい。伯父さんってもしかして天才だったの？

おかげで飲みすぎてしまい、本日はやや二日酔いである。

それはさておき、M&Aが終わったら現金報酬を求める次第である。クラフトジンも非常に美味しかったが、それはそれ、これはこれだ。異論は認めない。

話し合っているうちに懐石ランチが運ばれてきた。真宮がさっそく食べ始める。

「休みが潰れるなんて大変ねぇ。まっ、うちの仕事に支障が出ないならＯＫよ。頑張ってね！」

大いに同情されつつ、世那も豪華で見た目も美しい食事を味わった。

第二話　思いがけない遭遇

　父親がM&Aに対して消極的賛成となったため、兄はさっそく甲野ホテルホールディングスへ連絡を入れた。

　すると翌週、M&Aの仲介会社から、三島《みしま》という仲介者が加賀見酒造を訪れた。彼は譲渡企業と譲受《ゆずりうけ》企業の間に立ち、交渉や面談、書類作成などを担当するM&Aのスペシャリストだ。

　三島は加賀見酒造に負債があることも、社長が会社を売ることに否定的で、それでも倒産するよりマシという姿勢であることも、すべて受け入れてくれた。

「そういうの、よくあることなんです。会社は加賀見社長のものなんですから、M&Aを続けるのもやめるのも社長が決めていいんです。相手企業に望むことは、遠慮せずバンバン言ってください。私が向こうへ説明しに行きますから」

大いに安心した父親は三島に対する警戒を解き、彼と共に企業概要書や財務書類などの必要書類を作成し、甲野ホテルホールディングスに開示した。

◇　◇　◇

世那が名ばかりの取締役になって、約一ヶ月後の日曜日。

前日の夜に故郷に戻っていた世那は、その日、父親と兄の三人で地元のシティホテルへ向かった。そこは甲野ホテルホールディングスの運営ホテルになる。

モダンな外観のホテルを見上げる世那は、もうすでに帰りたくなってきた。

本日はM&Aの実行プロセスにおける〝トップ面談〟の日である。経営者同士が顔を合わせ、相互理解を深める場だ。

ここではM&Aの条件交渉をするのではなく、経営者同士の考え方や相性が合うかなど、書類では分かりにくいところを確認するのが目的だった。

しかし世那はここまで来ていながら、関わったことに後悔して兄に噛みついてしまう。

「ねえ、トップの面談なんだから、私はいない方がいいんじゃない？」

「親父に話し合いをさせたら、面談をぶち壊すかもしれないだろ。それかひと言もしゃべらないとか」

「お父さん、M&Aにまだ納得してないの？」

「納得するしかないから不機嫌なんだ。おまえがいないと話が進まん」

チラッと横目で父親を見れば、めったに着ないスーツを着用しており、少しやせたのか体に合っておらず、服に着られている感が満載だ。

それでも自分より、社会的地位とか年齢とか、トップ同士の話し合いにふさわしいと思う。こんな小娘では、大企業の経営者が納得しないのではないか。

――消極的でも賛成した以上、ここは社長が頑張るべきじゃないの？

と、愚痴りたいのを我慢してホテルに足を踏み入れる。すでにロビーで待機していた仲介会社の三島が立ち上がり、会議室へと案内してくれた。

本日は彼が司会進行を務めるそうで、世那にとっては頼りにならない家族よりも三島の方がよほど頼もしい。

エレベーターに乗って三階で降り、宴会場が並ぶフロアの奥へ向かう。案内された会議室は、ちょっとしたパーティーが開けるぐらい広い部屋だ。会議用テーブルが対面形式で並べられており、三島は加賀見家を上座へ案内する。……いいのだろうか。

ドキドキしながら相手企業を待っていると、五分ほどでドアがノックされた。

「――失礼します」

低くて深い魅力的な声に世那はギョッとする。ものすごく聞き覚えがあって。

スーツ姿の二人の男性が部屋に入ってくる。先を歩く長身男性の顔を見て、世那は悲鳴を上げるかと思った。

——結衣ちゃんのお父さん！

プルクラへ子どもの付き添いでやって来る、不倫希望のイケメンではないか。

呆然と端整な顔を見つめていたら、三島が彼らを紹介してくれた。

「こちらは甲野ホテルホールディングスの取締役副社長で、甲野さんです。今回のM＆Aを担当する責任者になります。そしてお隣が秘書の木下《きした》さん」

柔らかく微笑む甲野が、挨拶をしながら名刺を差し出してくる。あまりの美男子っぷりに父親は呆けていたが、すぐさま我に返って名刺を交換した。

世那の取締役としての名刺も母親が用意したため——経費の無駄遣いだと世那は反対したが——少し震える手で甲野へ差し出す。

その際に目が合った。

「お久しぶりです、加賀見さん。まさかこんなところでお会いするなんて思いもしませんでした」

周囲の視線が一斉に世那へ集中する。

父親が、「おまえ、甲野副社長と知り合いなのか」と上ずった声で聞いてくるから、冷や汗が背筋に垂れ落ちる。「あ」とか、「う」とか唸るだけの世那にかわって答えたのは、甲野だった。

「私は妹に頼まれて姪を歯医者に連れていくのですが、そこで働いているのが加賀見さんなんです」

——えっ、姪？

思わず、「結衣ちゃんは娘さんじゃないんですか？」と口をすべらせてしまった。

甲野がギョッとした表情になる。

「違いますっ、妹の子どもです。私は独身なので」

「えぇ……」

互いに目を丸くして見つめ合ってしまった。

数拍空けて、三島がコホンとわざとらしく咳払いをする。

「そろそろ始めましょうか」

三島の声でここがどこかを思い出し、慌てて椅子に腰を下ろす。でもすぐには動揺が治まらなくて、心ここにあらずの状態で名刺へ視線を落とした。

以前、プルクラでもらったのと同じものだ。それで企業名に心当たりがあったのかと納得する。

——お名前……甲野各務《かくむ》さんかな？　なんて読むんだろう。

いや、名前なんかどうでもいい。こんな偶然などあるのだろうか。……まあ偶然でしかないのだが。

世那が名刺を見つめたまま悶々としていたら、ホテルのスタッフがワゴンを押して入室してくる。全員にコーヒーがサーブされた。

父親が機械的に口をつけた途端、ハッとした表情になる。

「これは、もしや……」

「あ、気づかれましたか？　御社のコーヒーです」

バレルエイジドコーヒーだった。これはウイスキーやワインの空き樽《バレル》に、コーヒーの生豆を貯蔵《エイジド》したものだ。香料などを添加したフレーバーコーヒーと違って、豆自体に酒の風味が染み込んでいる。

昨年、加賀見酒造は〝シングルモルト加賀見 ファーストエディション〟の販売を記念して、地元のコーヒーショップにバレルエイジドコーヒーを依頼している。もちろん豆の熟成に使った樽は〝シングルモルト加賀見〟のものだ。

「美味しいですよね、これ。コーヒーの香りに含まれるウイスキーの豊潤さがなんとも言えません。私はこれを飲んで御社のウイスキーに興味を持ったんです」

甲野が手がけたアートホテルのロビーでも提供しているという。宿泊客からの評判もいいとのことで、父親は口元がゆるんでちょっと嬉しそうだ。

「それで弊社に声をかけてくださったんですか？」

「はい。実際にウイスキーを飲んでみると、複雑で奥行きのある味わいが丁寧にまとまっているように感じました。今後、飛躍する可能性が高い蒸留所だと」

ちょうどその頃、アートホテルの飲食部門を強化することになり、「そのホテルでしか味わえない」品を探していた。そこで目をつけたのが加賀見酒造のウイスキーだ。

〝シングルモルト加賀見〟は販売し始めたばかりで出荷量も少ない割に、酒販店やバーテンダー、ウイスキーファンから密かに支持を得ている。

この蒸留所は近いうちに誰もが知るところとなる。そう甲野は語った。

「運よくご子息、加賀見専務とスピリッツのイベントで知り合うことができたため、当初はコラボ商品を作っていただくことも考えましたが――」

数年前から甲野ホテルホールディングスは、経営の多角化戦略を進めている。そしてジャパニーズウイスキーは世界規模で消費が拡大しており、市場は今後も成長を続ける見通《とお》しのため、加賀見酒造をグループ傘下に加えるメリットは大きかった。ぜひとも外食・加《か》食《しょく》部門に迎えたいという。

父親は自社商品を褒められたのと、甲野の人柄に好感を持ったようで、M&Aに対して前向きな姿勢を見せた。彼の話をきちんと聞いたうえで、自社への想いを語っている。

兄は父親の言動を不安視していたが、腐っても社長だったらしい。なごやかな雰囲気で話し合いが続いている。

――私、この場に必要ないのでは？

一度そう思ってしまうと集中力が切れる。世那はふと、父親と話している甲野の顔を観察してみた。

プルクラで会うときの彼は私服を着ているうえ、今日みたいに髪もまとめていないので雰囲気がいつもと違う。素敵なスーツを着こなす、いかにもできるビジネスマンといった風情だ。ものすごく格好いいから、少し落ち着かない。

――結衣ちゃんが甲野さんにすごく懐いているから、姪御さんだなんて思わなかったわ。でもよかった、お子さんの付き添いで女を口説くようなクズじゃなくて。

結衣が悲しむことはないと分かってホッとしていると、あっという間に時間は過ぎていく。

M&Aのトップ面談は、初回だとたいてい一時間ほどで終わる。

甲野ホテルホールディングス側は、加賀見酒造を手に入れても会社の名前は残すと、役員も社員もそのまま働いてもらうと約束した。

父親は、もっとも懸念していたことが払拭《ふっしょく》されたのと、甲野の穏やかな人柄を知って、M&Aを検討したいと告げた。

世那も理久も胸を撫で下ろす。

――これで倒産は免れる。

世那にとっても、物心ついた頃から出入りしている〝おじいちゃんの工場〟がなくなるのは寂しかったため、心の底から安堵した。

二回目のトップ面談は、加賀見酒造の工場と蒸留所を見学してから話し合うことになった。

明るい表情で席を立つ加賀見家側だが、甲野から、「もうすぐ昼です。よろしければ食事をご一緒にいかがですか」と誘われて顔を見合わせる。

父親は朝から気を張り詰めていたのもあって、疲れた表情をしていた。その顔には、できれば帰りたい、と書かれている。

しかし断ってもいいものか……。

「――じゃあ、妹がお付き合いしますので」

いきなり兄に背中を押され、甲野の前に押し出された世那は目を丸くする。

「ちょっ、なん――」

「勤め先のお客でもあるんだろ？　愛想よくしとけ」

ひそめた声で囁かれ、とっさに口を閉ざした。その隙に兄は父親を連れてエレベーターに乗り込んでしまう。

「副社長。私もこれで失礼します」

甲野の秘書までも消えた。……退路が塞がれてしまった。

「では加賀見さん、行きましょうか」

この状況でお断りする強心臓を世那は持っていない。それに。

――もともと食事には誘われていたから、ちょうどいいかな。

これほどの美男子と一緒に食事など、己の人生において最初で最後だろう。いい思い出になる。

考え方を変えれば心が弾んできた。ニコッと微笑んで、「はい。よろしくお願いします」と答えておく。

このとき彼が眩しいものを見たような表情で見つめてきた。が、すぐに彼の視線はエレベーターに向けられる。

「加賀見さんはお店の希望はありますか？」

「いえ。お任せしてもよろしいでしょうか」

「喜んで」

甲野が案内したのは、ホテル内にあるフレンチベースの創作料理を提供するレストランだった。彼の顔を見た支配人が飛んできて、一番奥のテーブルへ案内してくれる。そこは観葉植物で周りのお客の視線をさえぎる、半個室のスペースだ。

「料理は私に任せてください。飲み物はお好きなものをどうぞ」

ドリンクメニューを渡された世那は、地元産のお酒やジュースがズラリと並んでいる欄に、「RIKU-JIN《リクジン》」の名前を見つけて目をみはる。

「うちのお酒がある」

「ええ。地元のクラフトジンは他にもありますが、加賀見酒造さんの方がストーリーを作りやすくて売りやすいんです。そこで採用させていただきました」

RIKU-JINは原材料がすべて地元のものを使っている。

蒸留所の裏山で自生するジュニパーベリーに、近所の農家が栽培したボタニカル《ハーブ》。さらにベーススピリッツは、県内のワイナリーから仕入れたブドウの蒸留酒。そしてジンのボトルには地元のメーカーを起用し、ラベルの絵を描いたのは県内出身のイラストレーター。

ちなみにベーススピリッツに国産ブドウ品種を使ったジンは、国内では初めてとなる。

日本初との謳《うた》い文句があれば売りやすいだろう。

「日本人は初物に弱いですから」

「確かに」

世那は深く頷いた。

――お兄ちゃんって経営はダメダメなのに、ものづくりのセンスはすごいのよね。ほんと職人だわ。

国内だけでなく世界に誇れる品を作っているところは尊敬する。ただ、それを消費者へ届けられないだけで。

今回のM&Aが成功すれば改善されるだろう。

せっかくだからRIKU-JINを使ったジントニックを飲むことにした。

豊かなブドウのフレーバーの中から、ジュニパーベリーの香りがしっとりと広がる上品な味わいだ。ボタニカルに胡椒《コショウ》を使っているせいか、スパイシーな風味がジンの個性を際立たせている。

世那は顔を伏せて肺の中を空にするほど長く息を吐いた。アルコールが内側から浸透し、張り詰めていた精神がゆるんでいくようで。

昨夜はプルクラの終業後、トップ面談に参加するため、すぐさま電車に飛び乗って帰省した。それから今までずっと緊張していた。父親が土壇場になって会社を売らないと言い出したり、甲野側に失礼なことを喚《わめ》かないかと不安で。

朝食も喉を通らなかったため、すきっ腹にアルコールがよく染みる。もうこのまま横になりたい。

ふとこのとき視線を感じて顔を上げると、甲野と目が合った。……いかん、まだ仕事は続いている。と、気を引き締めた。

「あの、M&Aの件、ありがとうございます。助かりました」

「いえいえ、まだ決まったわけではありませんから、油断はしない方がいいですよ」

「えっ、それは、断られる予定があるということですか……？」

「私にその意思はありませんが、M&Aは最後まで何が起きるか分かりませんから」

甲野はいくつかのM&Aを担当したというが、とある案件では最終譲渡契約書に署名捺印する前日、売り手企業の社長が、『やっぱりこのM&Aはやめます』とすべてをご破算にしたそうだ。

本人いわく、『目が覚めた』のだという。

「ええ……、それって許されるんですか?」

「話し合いの場にも来ませんでしたから、こちらは諦めるしかありません。ただ、それからしばらくして社長に胃癌《いがん》が発見されて――」

闘病生活に入る前に会社を任せたいと、再び甲野ホテルホールディングスにM&Aを申し込んできた。しかし甲野側の役員が何名か、『どの面下《ツラさ》げて今さら言うのか!』と猛反対して、M&Aは見送られた。

譲渡企業は急いで他の譲受企業を探したため、理想の相手は見つからず、妥協した企業と契約を結ぶことになった。

すると譲渡後、会社の赤字部門は切り捨てられ、古くから働く社員はリストラの憂《う》き目にあい、企業名も消滅という、社長がもっとも恐れた末路になった。

話を聞く世那はゾッとして冷や汗をかく。加賀見酒造も甲野ホテルホールディングスが相手でなければ、同じ未来になっていたかもしれない。

顔色を悪くする世那だったが、なぜか甲野は逆にいい笑顔を見せてくる。

「だから加賀見さん、このM&Aに最後まで責任を持って関わってくださいね」

「えっ？」

「加賀見専務から、妹さんはM&Aのためだけに取締役になったと聞いています。だからこそ最終契約を締結《ていけつ》するまで降りないでください」

「……はい」

父親がM&Aに前向きになったため、自分はもう必要ないような気分だった。それを言い当てられ、ちょっと視線がさ迷ってしまう。

それだけでなく。

――なんだろう。この人、微笑んでいるのに圧《あつ》が強い。

なんとなくこの場から逃げ出したいような気になる。居心地の悪さから世那が体を揺らしたとき、前菜のプレートが運ばれてきた。大皿に二人分の料理が美しく盛られており、すかさず甲野が取り分けてくれる。

「あっ、……すみません、やらせて」

「気にしないでください。それに少し脅かしてしまいましたね。弊社が気持ちを変えることはありませんから、ご安心ください。なるべく加賀見社長の希望に応えたいと思っています」

リストラをしないのは、加賀見酒造の中核事業を担《にな》う父親も、スピリッツ部門を担当する兄も、二人を支える従業員も、手放したら事業が滞《とどこお》る。技術やセンスを必要とする製造業では、かわりの人間など早々に見つからないから。

加賀見酒造というブランドを残すのも、一から新しく構築するより、すでに知名度が高まりつつあるブランドを成長させた方が合理的だから。

「でも、負債がありますし……」

「だとしても、確実に利益が出ると判断したから話を進めているのです。これはビジネスなのでお気遣いなく」

そう言ってもらえたらホッとする。こちらが卑屈になることはないと安心して。

肩の力を抜いた世那がジントニックをひと口飲んだとき、甲野が言葉を続けた。

「まあ、まったく下心がないわけではありませんが」

カクテルが喉に詰まりそうになった。コフッ、と小さくせき込んだ世那はナプキンで口を押さえつつ彼を見る。

「勇気を出して連絡先を渡したのに、いつまで待っても返事をもらえなくて悲しかったです。これは自分から積極的に動かなきゃ何も始まらないと反省しました」

「へ……」

「私はあなたの好みじゃないでしょうか？　世那さん」

「……えっと、なんの話を……というか、名前……」

ついさっきまで真面目に仕事の話をしていたはずが、突然、雰囲気が艶っぽくなってついていけない。しかも家族以外に名前を呼ばれたのは久しぶりで、心臓の鼓動がどんどん速くなっていく。

「だって加賀見さんはいっぱいいいますから。名前で呼ばないと混乱します」

質問の答えになっていない。それにこの場にいる加賀見さんは自分だけなので、名前で呼ぶ必要はないのでは……と思うのに、恋愛経験値が低い世那は、ここでどういう反応を返せばいいか分からず固まってしまう。

甲野は、隠しきれないほど混乱する世那の様子に苦笑した。

「結衣の父親だと思ってたみたいですが、私は子連れで女性を口説くようなクズに見えましたか？」

見えました、とは正直に言えないのでジントニックを飲んでごまかしておく。

すると甲野が腕を組んで宙を睨んだ。

「おかしいんですよね。結衣の初診のとき、ちゃんと受付の子へ言ったのに」

スタッフから、『結衣ちゃんのお父様』と呼ばれて問診票を渡されたため、『私はこの子の伯父なんです』と否定しておいた。

「まあ、世那さんに直接言わなかった私が一番悪いのですが……、言い訳をさせてもらうと、独身か既婚かって情報は一人に話せばすぐに広まるんです」

確かに自分も甲野が独身だったら、スタッフルームで彼の話題が出たとき、『結衣ちゃんのお父さんじゃないそうですよ』ぐらい言ったと思う。

しかし受付のスタッフ——二条《にじょう》は、『既婚者でも素敵』と目にハートを浮かべていた。

プルクラの受付スタッフは二条しかいないのに、どういうことなんだろう。

世那が首をかしげていたら、甲野は苦虫を嚙み潰したような顔になった。

「その受付の女性ですが……、世那さんに名刺を渡した日の夜から、プライベート用のスマホに電話がかかってくるようになって、困っています」

そのプライベート用の電話番号は、家族や友人ぐらいにしか教えていないという。

甲野は視線を横にずらして言いにくそうに口を開いた。

「もしかして世那さんが、あの名刺を受付の女性に渡したのかと思って」

「渡してませんっ。人様《ひとさま》の連絡先を勝手に他人へ教えたりしないです」

しかしそこで口を閉じた世那は、甲野から目を逸らすとものすごく気まずそうな顔つきになった。

「……でも、その、あのときの名刺はロッカーに入れたままずっと忘れていて……もしかしたら職場に落としたのかもしれません」

「ああ、なるほど」

当時の世那が、甲野を歯牙にもかけていなかったことを彼も察したらしい。寂しそうに微笑んでいる。

「本当にすみません……」

心の中でコメツキバッタのように平身低頭する。イケメンが憂い顔をすると無性に罪悪感が煽られるから、心が痛い。

居心地悪く縮こまっていたら次の料理が運ばれてきた。やはり甲野が取り分けてくれる。そして世那がジントニックを飲み干すと、「次は何を飲みます?」とメニューを差し出し、おすすめの飲み物を教えてくれる。

……マメな人だなと感心した。これほど顔がよければ、女なんて顎《あご》で使えるだろうに。実際にこの席に着くまで女性客が彼を目で追っていたから、甲野がどれほど傲慢で性格が悪くても、受け入れてくれる女性はごまんといそうだ。

――私はM&Aの相手先企業の人間だから? それか口説いている間だけは優しいとか? 釣った魚に餌をやらない人だったら怖いんだけど。

彼を好意的に見てあげられないのは、美しすぎるせいかもしれない。神が手ずから整えたと思われる完璧な美貌の男性に、自分が口説かれる理由が思いつかなくて。

表面上は冷静をたもちながら内心で悩んでいると、甲野が話を戻した。

「私の名刺を拾ったかもしれない子って、プルクラの院長と親戚だそうですね」

「あ、はい。よくご存じですね」

「本人がそう言ってたので」

プルクラは医療法人社団・心世会《しんせい》のデンタルオフィスで、受付の二条は理事長の娘になる。ちなみに院長の真宮は理事長の姪なので、二人は従姉妹《いとこ》同士だ。

「私は彼女のことは相手にしていませんが、言い方が不愉快というか……。個人的に会いたいと言われたので断ったら、結衣がプルクラに通えなくなると言われて」

「ええっ、それって脅しでは⁉」

「決定的なことは口にしないんです。あくまで遠回しに告げてくるから、やっかいなんですよね。歯科は他にもいっぱいありますけど、あそこは結衣が泣かないので今後も通いたいし、あなたに会えなくなるのは嫌だから」

さりげなく好意を匂わせてくるから、世那は熱くなった顔を伏せる。同時にあることを思い出した。

まだ世那がプルクラに勤める前、二条は他の心世会系列の施設に勤めていたらしい。そこへ男性芸能人が診療に訪れ、二条は患者の個人情報を悪用して自宅へ突撃したという。

古参の歯科衛生士と飲みに行ったとき、酔っぱらった彼女が暴露していた。

『理事長が慰謝料を山積みしてなんとか和解したらしいわよ。あのときは本当に大変な騒ぎで、プルクラまで噂が流れてきたの』

ただ、娘に甘い理事長は彼女を叱責するだけで、他の施設、つまりプルクラへ配置転換して終わったそうだ。

やはり落とした名刺を二条が拾ったのかと、申し訳ない気持ちを覚える。

「当院のスタッフがご迷惑をおかけしたようで申し訳ありません。彼女は理事長の家族ではありますが、経営に関わってないので結衣ちゃんの診療を拒否する権限はありません」

そんなことを勝手にしたら真宮が激怒するだろう。

甲野はホッとした表情になった。

「じゃあ今日限りで彼女からの電話は無視します。……よかった。もしかしてあなたに嫌われているのかもと考えていたから、理由が分からなくて悩んでいました」

「……誤解がとけてよかったです」

甲野が嬉しそうにはにかむため、イケメンの麗《うるわ》しさを直視できない世那は窓へ顔を向ける。今日は天気がよくて雲もなく、富士山《ふじさん》がくっきりと見えた。景色を楽しむふりをしながら、心臓がうるさいほどドキドキするのに耐える。

――ものすごく好かれている気がする。私のうぬぼれじゃないわよね？

気持ちを落ち着けるため、新しく運ばれたスパークリングワインに口をつけておく。めちゃくちゃ美味しい。

このワインは地元ワイナリーの有名な品で、泡立ちがきめ細かくて上品な味わいだ。アメリカのウェブマガジンでこれが紹介されてからというもの、地元でも手に入りづらい一本となっているから、世那も味わうのは久しぶりだ。

いいものを飲ませてもらったな、と現実逃避していたが、すぐに意識を強制的に戻された。

「世那さん。結婚を前提として私と付き合ってくれませんか」

ワイングラスを持ち上げたまま世那は硬直する。端整な顔を、たっぷり十秒はガン見した。

「けっ、け、けっこん、とは……？」

「お兄さんの加賀見専務と話していたとき、彼とは同じ歳《とし》で、二歳下の妹さんがいることを知りました」

「はあ……」

つまり甲野は三十一歳で、自分が三十路手前だと知っているらしい。……だから？

「世那さんぐらいの年齢の女性と交際するなら、結婚を意識しないと逆に失礼だと思ったんです。ダラダラと交際を続けて、あなたの若さと人生を搾取するつもりはない」

……ものすごく驚いた。確かにアラサー女性と付き合うなら結婚は意識すると思うが、それは女性側の意見だと思っていた。男性はもっと若い女性を望むとの先入観があったので。

一瞬、お世話係を希望しているのかな？　と考えてしまったが、大手企業の副社長なら身の回りの世話など金で解決できるはず。

――だってプルクラの窓から甲野さんと結衣ちゃんが車で帰るところを見かけたけど、フェラーリに乗ってたんだもの！　絶対に富裕層でしょ。今着てるスーツだって、すごくおしゃれで生地の質感がお父さんのとは全然違う。

こうして彼のそばにいると、優雅な物腰に洗練された所作が身についている人だと分かる。そんな部分でも〝育ちが違う〟との言葉の意味を実感する。

日常で見る一般男性と比べたらレベル差が大きすぎて、彼を知れば知るほど自分との間に壁を感じた。

誠実であることは理解するけれど、住む世界が違う人だ。

「えっと、大変ありがたいことなのですが……」

「ありがたいなら受けてくれますか？」

人の話を最後まで聞いて。

「あの、甲野さんのことをよく知らないから……」

「よく知るために付き合うのでは？」

……意外と押しの強い人だな。

「いきなりのことで、考えがまとまらないし……」

「恋愛なんて頭で考えるものじゃない。直感で決めるものです」

どこかの宗教みたい、と焦る。

「まだ、はいもいいえも言えないというか……」

「ノーじゃなくてよかった」

「えっと、イエスでもないんですが……」

「ノーじゃないなら、いつかはイエスになりますし」

グイグイ押してくる甲野を、まったく拒絶できなかった。

「かっ、考えさせて、ください……」

「いや、あなたに考えさせたら答えが出るまで年単位で待つ気がします。なのでとりあえず付き合いましょう」

「はいぃっ!?」

なんでそうなるの!?　と世那が混乱していたら、甲野がスマートフォンを取り出した。SNSのIDを交換したいと言われて、大いにためらってしまう。

「ノーじゃないんですよね？　まずはお試しで付き合ってみて、私のことをよく知ってから好きになればいいんです」

「すっ……」

憂いを帯びた瞳で美形に見つめられ、熱っぽく口説かれたら、恋愛初心者などイチコロだ。胸の高鳴りが止まらない。

「まずは付き合ってみて、どうしても好きになれなかったら私も諦めます」

「本当に……？」

「ええ、だからいつでも連絡が取れるようにしたいんです」

世那は顔を真っ赤にして、迷いつつも頷いた。

連絡先を交換すると甲野は嬉しそうに微笑む。

「東京に戻ったらデートしましょう」

「は、い……」

世那はスマホに表示された彼のＳＮＳアカウントを見て、お試しでも付き合うことになったのだと、戸惑いながらも胸が熱くなるのを感じた。


食事を終えて店を出ると、甲野が「車で送ります」と言うからギョッとする。

「飲酒運転……」

「大丈夫。運転するのは私じゃないので」

代行運転を頼むのかなと思ったら、ホテルの正面玄関《エントランス》を出ると、甲野は車寄せに停まっている黒塗りのメルセデスへ向かう。それは車体の全長が普通のセダンより長く、しかも運転席から男性が降りて後部座席のドアを開けてくれた。

――運転手つきの送迎！

世那は思わず足を止めて、靴が汚れていないか確認してしまった。というか汚れや傷をつけてしまわないかと、気になりすぎて車に乗ることはためらわれる。

「甲野さん、電車で帰ります」

彼はニコリといい笑顔を見せて、無言のまま世那の肩を軽く押して乗車するよううながしてくる。ちなみに運転手と思われる男性も笑顔で何も言わないが、「乗ってくださいね」との圧力を感じる。

大人しく乗り込むことにした。

「わっ、広い……」

後部《リア》コンパートメントは対面シートの四人乗りだ。しかも運転席とは曇りガラスのパーティションで区切られており、完全に個室となっている。

――これはリムジンというやつでは。

生まれて初めて乗る超高級車に感動する。天井が高くて圧迫感もなく、足が伸ばせるため快適だ。お酒を飲んで足が浮腫《むく》んでいるから助かった。

「私はこの後、東京に帰るから一緒に行きませんか？」

「えっ、いいえ、実家に荷物がありますから」

「荷物を持ってくるまで待ってますよ」

「いえいえっ、その、家族と今後について話し合う必要もありますし……」

そんな約束はしていないが、これ以上甲野のそばにいると心臓が破裂しそうなので、落ち着く時間が欲しかった。

「……残念です」

本気で口惜《くちお》しいと思っている顔を見せるから、世那はありえないほど胸が高鳴ってムズムズする。

そんなにも、私のことが好きなのかと。

「あの、どうして私なんでしょうか？」

「好きになった理由ですか？」

世那の心臓が、ぴょこんっと本当に跳ね上がる。ストレートに「好き」と言われて心がグラついて。

己の人生で、男の人に真正面から好意を向けられたのは初めてだった。

「甲野さんとは、結衣ちゃんの治療時にお会いするぐらいです。たいした会話もしていませんから、私の何がよかったのかなって、不思議で……」

そうですね、と呟いた甲野が世那の目を見つめてくる。

「……プルクラで世那さんが結衣の担当になってくれて、本当に助かりました。あの子は以前通った歯科医院で泣いて暴れて、スタッフがむりやり体を押さえつけて治療したから、すっかり歯医者嫌いになってしまって」

「ああ、よくあります。小さなお子さんは泣くのが当たり前なので」

急に結衣の話になって戸惑うが、彼の中では話が続いているのだろうと思って頷いておく。

甲野いわく、結衣にう蝕ができた当初、母親がなだめすかして歯医者に連れていった。しかし待合室にいるときからギャン泣きで、母親にへばりついて治療用チェアにさえ乗ってくれなかったという。

それで母親が通院をギブアップしたため、結衣がとても懐いている甲野へ、『お兄さんなら結衣も大人しく治療を受けてくれるかもしれない』と頼まれたそうだ。

「あなたは子どものあつかいがうまいと評判だが、それは努力と試行錯誤の成果だと気づいたんです。泣かせない工夫を十も二十も駆使して子どもにアプローチしている」

「子どもを泣き止ませるより、泣く前に手を打つ方が楽ですから」

「でも今まで通った歯科医院は、子どもと親に我慢させるばかりでした。歯科医も泣きわめく結衣を一生懸命治療してくれたと思いますが、やっぱりイライラしてるのが滲み出てしまうんですよね」

だからよけいに、結衣が怯えて泣く悪循環が断ち切れなかった。歯科業界ではよく聞く話である。

「小さなお子さんでも、負の感情には敏感ですからね」

「だからプルクラで結衣の虫歯が治って、本当に助かりました。たぶんそれから世那さんを意識したんだと思います」

「……そうですか」

仕事に対する姿勢を褒められて心が熱くなる。……まだ少し、本当にそれだけだろうかと疑う気持ちもあるが。

まあ、人の好みは千差万別。蓼《たで》食う虫も好《す》き好《ず》きという。それに己の努力を認められたら、嬉しくないわけがない。

「ありがとうございます……」

自然と口角が上がって、はにかんだ世那から警戒心が薄れる。世那は気づいていなかったが、その表情は目元をうっすらと赤く染めてとても艶っぽい。

世那を見つめていた甲野が、口の中で何かを呟くと隣へ身を乗り出した。彼の両手が彼女の細い肩をつかむ。

「甲野さん……？」

世那が顔を上げると、左右対称の端整な顔が間近にあって息を呑む。気づけば唇に柔らかい感触が押し当てられていた。

「あ……？」

何が起きたのかと驚きのあまり固まっていたら、ちゅ、ちゅ、と唇を優しく啄《ついば》まれて、ようやく我に返った。

キスをされていると脳が理解し、目を限界まで見開く。

――えっ、なんで？　なんでキスしてるの？　付き合うことになったから？　でもお試しなのに？　キスってお互いに好きになってからするもんじゃないの？

混乱のあまり拒否することもせず動けないままでいると、彼の両腕が世那の背中へ回される。優しく抱き締められて、彼の顔が傾くと世那の唇が隙間なく覆われた。

べろりと皮膚を舐《な》められる。

温かくてプニプニした唇の感触とは違う、ねっとりと這《は》う淫靡な刺激だった。それを感じているのは唇だというのに、なぜか腰の辺りが痺れて背筋が震える。

その直後、人に唇を舐められていると自覚し、思わず頭を仰《の》け反《ぞ》らせた。

唇がやっと離れたものの、体は密着したまま。だから至近距離にある眉目秀麗な顔を、放心したまま見つめてしまう。

――キス……私のファーストキスが……

許してもいないのに奪われた。そう思った瞬間、猛烈な腹立たしさが湧き上がってくる。

何かを考える間もなく、反射的に勢いよく頭を突き出して頭突きをかましていた。

ゴンッ！　といい音が響き、今度は甲野の頭が仰け反る。

「いってぇえっ！」

「初めてだったのに何すんのよ！」

「えっ!?」

ようやく離れた甲野が額を手で押さえて目を丸くし、ものすごく驚いている。その人間くさい表情にもっと苛立ち、親の仇を見るように睨みつけた。

「悪い!?　同意もなくキスする痴漢野郎に、いい歳して初めてとか言われたくないわ！」

「何も言ってねぇし、俺は痴漢じゃないって……」

甲野の口調が崩れていたが、互いに気づかなかった。

彼は唖然としたまま、「俺が最初……」とか呟いている。やはり意識しまくっている。

そして世那もまた、アラサーのくせにキス一つでショックを受ける幼さが情けなく、頭に血が上ってきた。

車の振動が止まった瞬間、ドアロックを解除して外へ飛び出す。

「世那さん!?」

背後からの慌てた声に振り返らず、一目散に走ってその場から遁走《とんそう》した。

電車で自宅へ帰る途中、甲野から謝罪のメッセージがいくつも届いた。しかしどのような言葉を返すべきか分からず、既読無視をするしかない。

しばらくすると兄からもメッセージが来た。

『甲野副社長から連絡があって、おまえが家に帰ったら絶対に知らせてくれって、しつこいぐらい言ってくるんだけど。何をやらかしたの？』

失礼な、やらかしたのは向こうの方だ。……とは正直に言いづらい。何があったのかと突っ込まれても、家族へありのままに告白するのは恥ずかしかった。

――それに冷静になると、付き合うって決めたならキスしてもおかしくない……ような気がする。よく分かんないけど……

世那は恋愛経験値が低すぎるので、本気でどうすればいいか分からず困惑していた。

なぜなら彼氏とはキスさえしなかったから。

世那は短大時代、他大学の恋人がいた。しかし彼の側に特殊な事情があって、キスもしなければ肌も合わせず、デートのときに手を握るぐらいという、清すぎるお付き合いしかしてこなかった。

彼は大学卒業後、東京での就職が決まっていたため、すでに地元で働いていた世那とは別れることになった。

といっても喧嘩別れしたわけではない。話し合って円満にお別れしたので、今でも友人として連絡は取り合っている。

一応、世那の中では彼氏と恋愛していたことになっているが、甲野へ向ける複雑で理解不能な気持ちと比べたら、やはり恋人ごっこをしていただけと思い知る。

——だって彼氏とはこんなにも悩むことなかったし、こんなにもドキドキすることもなかったから……

甲野のそばにいると余裕を持って対峙することができず、彼のペースに流されてまともな思考が働かない。それなのに彼のことばかり考えて、心臓が早鐘を打ち始める。不整脈になったみたいだ。

——もう東京に帰ろう。甲野さんが実家に来ちゃったら嫌だし。

兄へは、『何もやらかしてない』と返信しておいた。

実家へ戻ると、すぐさま荷物をまとめて家を出る。両親には、夕食を食べてから帰ったらと引き止められたが、ここにいたら兄が甲野にタレコミしそうなので怖い。

なんとなくだが、兄と甲野は仲がいいような気がする。個人的な連絡も取り合っているし。

——スピリッツのイベントで知り合ったって言ってたけど、あんな生まれも育ちも顔面偏差値も違う人と、よく親しくなったわね。お兄ちゃんってコミュ力《りょく》おばけだからなぁ。

人見知りをしたことがない兄が羨ましい。自分も兄みたいな陽キャであれば、イケメンセレブに口説かれたら素直に喜び、キスにも動揺せず、そのまま一緒に東京へ帰ったかもしれない。

そんなことを考えつつ、東京行きの特急電車に乗り込んだ。

◇　◇　◇

翌週の月曜日。プルクラに出勤した世那は、ロッカーに備えつけの鏡を見てゲンナリした。メイクしたばかりだというのに、クマがひどい。

昨夜は全然眠れなかった。甲野のことを考えすぎて。

彼に同意もなくキスされたのは犯罪ではないか？　とか、付き合ってるんだから普通でしょ？　とか、一人問答を繰り返していた。

しかも、だんだんと自己嫌悪でよけいに眠れなくなってきた。いくら恋愛経験値が低いといっても、これでは中学生じゃないかと。

やはり人間は成長過程で適切な恋愛を経験した方がいい。

「——おはようございまーす」

このときロッカールームに二条が入ってきて、世那はギクリと身をすくめる。彼女のことをすっかり忘れていた。

周囲を見回せば自分たちしかいない。ちょうどいい。

「おはようございます、二条さん。あの、ちょっといいですか？」

「なんですー?」

「えっと、結衣ちゃんの……保護者の甲野さんのことなんです。以前、あの人から名刺をいただいて――」

「あーっ! あの名刺、加賀見さんのだったんですかぁ! 床に落ちてたから甲野さんが落としたと思って私が預かっておきました!」

世那の話をさえぎって、邪気のない笑顔を向けてくる。まったく悪いと思っていない表情に世那は怯《ひる》んでしまった。

「その、甲野さんから聞いたんですが、個人的に会えないなら結衣ちゃんの診療を拒否すると――」

「甲野さんと会ったんですか!? マジで!? どこで!?」

「え、どこって……」

M&Aのことは話せない。甲野ホテルホールディングスと秘密保持契約を締結しているため、従業員にさえ何も知らせず秘密裏に話を進めているのだ。

加賀見酒造がM&Aを検討しているなんて情報が漏れると、身売りや乗っ取りなどのネガティブな憶測が広まる。実際に情報漏洩があった企業では、得意先から契約を切られたり、技術を持つ従業員が離職したり、とリスクが生じている。

甲野のことをどう話せばいいのか焦っていたら、二条は世那の答えを期待していなかったのか、両手の指を組んでうっとりと呟いている。

「私、甲野さんを狙ってるんですよぉ。あんな綺麗な男の人ってなかなかいませんし、大きな会社の副社長さんじゃないですか。彼氏にしたい！」

「…………」

「加賀見さん、もし彼と会うときがあったら私も呼んでくださいね。抜け駆けは駄目ですよ、約束ですから！」

二条は言いたいことだけまくし立てて、ロッカールームを出ていった。

残された世那は、ノロノロと制服に着替えつつ、釈然としない気持ちを持て余す。

——私って甲野さんに告白されて、お試しとはいえ付き合うことに頷いているんだからカノジョよね？　彼に近づかないでって言うべきなの？

でも後ろめたさと二条の勢いに押されて、何も告げることができなかった。

自分は甲野に頭突きして逃げ出し、さらにメッセージもすべて無視している状態だ。恋人のする所業ではない。

ではどうすればよかったのか。自分は突然キスをされて、笑って流すほどの恋愛スキルは持ち合わせていない。

「……仕事に集中しないと」

世那はモヤモヤする気持ちに吐き気まで覚えながらも、表面上は真面目な顔をしてロッカールームを出た。

◇　◇　◇

元カレ——山岸《やまぎし》からメッセージが来たのは、地元から東京に戻る電車の中だった。山岸の彼氏が舞台に出演するから、チケットを買ってほしいとのこと。

ちょうどいいので世那は恋愛相談を持ちかけた。

山岸はすぐに了承し、プルクラの休診日である木曜日のお昼に、わざわざ仕事を抜けて会う時間を作ってくれた。

「——世那ちゃん！　久しぶりねぇ、元気だったかしら……ってわけじゃなさそうねぇ。ひどい顔してるわよ」

彼の勤務先に近い銀座《ぎんざ》で落ち合うと、山岸は頬に手を当てて首をかしげている。

彼は世那より頭一つ分は高い長身で、端整な顔立ちのイケメンだ。美容業界で活躍するせいか、服装はおしゃれで長い脚が際立っている。

どこからどう見ても格好いい男性だが、しゃべり方は立派なオネェである。

「山ちゃん、助けてぇ……」

「はいはい。まずはご飯にしましょ。おすすめの店が近くにあるのよ」

山岸が連れていってくれたのは、クラシックな雰囲気の落ち着いたカフェだった。席と席の間に余裕があり、レトロな色ガラスの衝立で視線がさえぎられている。相談事をするにはちょうどいいお店だ。ありがたい。

ランチを注文してチケット代金を支払ってから、世那は洗いざらい甲野とのことを吐き出した。

山岸は一度も口を挟まず、とにかく世那にしゃべらせて聞き終えると、大きなため息を漏らした。

「世那ちゃん……こんなに可愛くて気立てもよくって、三十年近く女の子やってるのに、中身は小学生男子だったのね。アタシすごくショックだわ」

ヨヨヨ、とわざとらしく泣き真似をされる。ひどい。

「せめて女子中学生にして……」

「今時のＪＣはあなたよりマセてるわよ」

バッサリと斬られてへこむ。もう少し優しくしてほしい。

「ねえ、世那ちゃんって結婚まで清い身でいたいって願望でもあるわけ？」

「なにそれ。あるわけないじゃん」

「じゃあ彼氏とエッチする気はあるのね」

「エッ……！」

絶句する世那は、慌てて周りを見回してみる。隣の席にお客はいなかったのでホッとした。

「だって交際するならエッチもありに決まってるじゃない。なのに彼氏にキスされて頭突きするだなんて、それでも女子なの？」

「だって、びっくりして……」

「アラサー女が、『キスされて驚いちゃった〜』なんて言っても、あざといかキモいだけよ」

いったい言葉で刺されたのは何度目だろう。心から血を流しすぎて、メタクソに言われてもあまり気にならなくなってきた。

「というか世那ちゃん、甲野ホテルホールディングスってかなり大きな会社じゃない。その副社長でイケメンなんでしょ？　しかも性格は悪くなさそうなんでしょ？　何を迷うことがあるの？　アタシに彼氏がいなかったら譲ってほしいぐらいだわ」

最後の山岸の本音にちょっと笑ってしまう。少し気が抜けて、世那も本音をスルッと漏らした。

「不安だからかな……。甲野さんとは価値観が違うって、短い時間を過ごしただけで感じちゃうし。それに悪い人じゃないんだろうけど、交際を強引に押し切られたから、今後もあの人の押しの強さに流されそうで……」

ボソボソと言い訳を連ねていたら、山岸が自身の額を手のひらで押さえた。

「かーっ！　これだから高齢処女は！　理屈っぽくってめんどくさっ！」

……そろそろ泣いてもいいだろうか。実際に目尻に涙が滲んできた世那は、そっとハンカチを押しつける。

「彼氏が『お試し』って言ったのは、そういうあなたの不安を、お付き合いしながら少しずつ解消していきましょうねってことじゃない」

「あ……」

「だいたい世那ちゃんみたいな石橋を叩きすぎて壊しちゃうタイプは、ちょっとぐらい強引じゃないと話が進まないでしょ」

ウッと言葉を詰まらせる。甲野からも、『あなたに考えさせたら答えが出るまで年単位で待つ気がします』と言われていた。確かに甲野が自分と同じ慎重派だったら、恋愛なんていつまでたっても始まらない。

「……山ちゃんって鋭い……そういう恋愛に対する姿勢って、他人は分かるもんなの？」

「こうやって話していれば分かるわよ。世那ちゃんは慎重すぎて逃げちゃう子だって」

ぐうの音も出なかった。これが恋愛強者なのか……。

「その彼氏、気遣いもできるし優しそうだし、きっと大切にしてくれるわよ。キスしちゃったのは……世那ちゃんが好きすぎて自制できなかったんでしょ」

恥ずかしい言葉に照れるものの、山岸の言葉が心にスッと入って頷くことができた。

「そうね。お付き合いしないと、甲野さんのこと、分かんないもんね……」

「そうそう。世那ちゃんみたいな初心者には、ちょうどいい男だと思うわ。でも彼氏を好きになれなかったら、ぜひアタシに紹介してね」

冗談っぽくウインクされて、やっと世那も心が落ち着いてきた。

「うん、頑張ってみる……」

「当たって砕けてみなさい。これでうまくいかなくても、あなたのショボい経験値が上がるじゃない」

山岸は毒舌だが、世那のことを大切にしているのが言葉の端々に感じられる。相談してよかった。

ランチを食べて互いの仕事の愚痴を話して、山岸が勤務に戻る時刻に近づくと店を出る。歩きながら世那は高い位置にある山岸の顔を見上げた。

「忙しいときに呼び出してごめんね」

「いいのよぉ。こっちもチケット売れたし、世那ちゃんはアタシの特別だし」

「そうなの？」

「そうよ。アタシの身勝手であなたの青春、潰しちゃったからね」

絶句して思わず足を止めてしまう。同じように足を止めた山岸が、罪悪感を滲ませる微笑を口元に浮かべた。

「世那ちゃんが恋愛でそこまで悩むのって、アタシのせいでしょ」

「そんなことないわよ」

「あるわよ。それを抜きにしても大学時代はほんと助かったから。可愛いカノジョがいるってだけで、アタシの性的指向を疑ってた両親は安心して、ほとんど干渉してこなくなったもの。楽しい学生生活を送れたわ」

山岸は広大な土地を所有する旧家の出身で、彼の両親や祖父母は厳格な人たちだった。長男の彼は生まれたときから家を継ぐことが定められており、地元で就職して結婚し、実家で同居することが当然とされていた。

地方の田舎特有の古い価値観から本人も家族も抜け出せず、山岸は同性愛者であると自認してもカミングアウトできず、心理的に追い詰められていた。

そんな彼は大学生のとき、合コンで出会った世那を〝人として〟好きになった。世那となら普通の恋人同士になれるのではと期待し、交際を申し込んだ。

だがやはり指一本触れることができず、そのことを不思議に思った世那に指摘されて、とうとうカミングアウトした。

世那は驚いたものの、彼のことを異性というより友人として好きになっていたため、そのまま交際を続けることにした。

——楽しかったから。

女子高から女子短大に進んだ世那にとって、家族以外の異性は未知の存在だ。でも年頃なので恋愛への興味は大いにある。友人も次々と彼氏を作っていく。

そんなときに出会った山岸は、女子特有の話題で一緒に盛り上がり、スイーツ店のはしごにも買い物にも付き合ってくれる稀有《けう》な人だった。

若い男など、時間がかかる女の買い物なんてうんざりするのに、山岸は嫌な顔一つしなかった。女性よりもファッションに詳しくて適切なアドバイスをくれるから、いつも助かっていた。

それに彼氏がいれば合コンを断る口実になったし、たまに絡まれる強引な男からも守ってくれる。長身で格好いい彼氏は友人たちから羨ましがられて、女心も満たされる。

いいとこ取りなのだ。山岸は彼氏であり、女友達でもあるから。

本来の恋愛とは程遠いものだと分かっていても、彼と一緒にいるのが本当に楽しくて、その心地よさを世那も手放したくなかった。

だから山岸が家族と絶縁して東京で好きな仕事をすると決めるまで、ずっと恋人ごっこを続けていた。

世那はいまだにその記憶を引きずっている。

山岸の指摘通り、過ぎた時間を懐かしく思うあまり、彼とまったく違う甲野へ拒絶反応を示したのだ。

「……世那ちゃんのことは今でも好きだから、幸せになってほしいわ」

「ありがと。私も山ちゃんには幸せになってほしい」

これほど気の合う〝女友達〟はいない。思わず山岸の手をギュッと握ってしまったら、やんわりと外された。

「そういうふうに、彼氏の手を握ってあげればいいのよ。喜ぶわよ」

不満そうに唇を尖らせる世那に、山岸は声を上げて笑うと仕事に戻っていった。

一人になった世那は、たびたび振動するスマートフォンを取り出してみる。画面にはSNSの着信通知が表示されていた。甲野からだ。

ずっと既読をつけていなかったが、今度の日曜日はM&Aの件で再び郷里に戻る。

そこに彼も来るだろう。

重要な仕事の場面で気まずい思いをするよりも、今のうちに向き合った方がいい。それにメッセージなら、まだ話しやすい。

世那は覚悟してSNSを開いた。

第三話　交際はお試しで！

日曜日は二回目のトップ面談が行われる。甲野ホテルホールディングス側が、加賀見酒造の工場や蒸留所、貯蔵庫などを見学するのだ。

世那は会社を案内する父親と兄の後ろに控え、常に仕事用の笑みを顔に貼りつけていた。それでもときどき、顔面が引きつって崩れ落ちそうになる。

甲野の気配を感じるだけで緊張して。

木曜日に山岸と別れた後、甲野へ初めてメッセージを送ってみた。キスをされたことは避けて、頭突きをしたことを謝る内容で。

すると即座に既読がつき、デートに誘うメッセージが届いた。……仕事中ではないのかと、ちょっとビビってしまったではないか。

それはともかく、本日のトップ面談後に再び食事へ行くことを約束した。そのせいで今日は朝からずっと落ち着かない。

面談中は甲野も仕事用の柔らかい表情を向けてくるが、なんとなく前回より視線が甘いような気がする。

気のせいだろうか。気のせいだと思いたい……

見学の後半、ウイスキー樽《カスク》を保管する貯蔵庫に足を踏み入れた甲野側は、感嘆の声を漏らした。天井近くまで組まれた重量棚《パレットラック》にズラリと樽が並ぶ光景は、部外者には圧巻だろう。

「――こちらの棚にある樽は、先代社長が造ったウイスキーになります」

亡くなった伯父のウイスキーは、全部で三百丁ほどある。

兄が、バリンチと呼ばれる長いスポイトを使って、伯父の樽からウイスキーをテイスティンググラスに注いでいく。

試飲した甲野は思わずといった表情で、「うまい」と漏らした。

「加賀見社長、私はウイスキーについて素人ですが、これはすごく美味しいと思います。しかし一度も売ってないんですよね？　何か問題があるのですか？」

動揺した父親が息子へ視線を向ける。父親は中核事業で手いっぱいなので、スピリッツ部門は理久に任せているのだ。

兄は非常に気まずそうな顔つきになった。

「えっと、まだ八年熟成ですから、もうちょっと寝かせるべきだと思いまして……」

売りたくないとの本音を隠しきれていないが、新しい経営者となる甲野側はもちろん納得しない。

「でもこれだけの長期在庫があると、キャッシュフローを圧迫しますよね。しかも場所を取るから、新規のウイスキー量を調整しなくてはならない」

「はい……」

樽貯蔵庫はそれほど大きくないのに、八年前の製品がスペースを陣取って動かせない。その分、毎年生産するウイスキーを減らす必要があるし、空樽が発生しないので新しい樽を購入しなくてはならない。

経営計画を下回る儲《もう》けしか得られないというわけだ。

「貯蔵庫を増やすにも土地が必要ですし、これ以上、負債を増やすわけにはいきませんし」

「……はい」

当然のことを指摘されて兄は泣きそうだ。やはり家族に言われるより、第三者の正論の方が効果覿面《てきめん》だった。

世那も追い打ちをかけるように口を挟んでおく。

「専務、これらの半分……いえ、三分の一でもブレンド用に回しましょう。今生産している三年熟成のウイスキーに加えたら、いい商品が生まれますよ」

何度も伝えたことを言ってやれば、この意見に甲野だけでなく彼の秘書も驚いている。

「熟成年数の違うウイスキーを混ぜてもいいんですか？」

甲野としっかり目が合った世那は、心臓が跳ね上がるのを感じてすぐさま兄へ視線を向ける。説明して、との目配せを感じ取った理久は渋々と頷いた。

「はい。もともとウイスキーは同じ原酒でも、樽によって微妙な差が出てくるんです。それで瓶詰めする前に混ぜ合わせて均一化します」

この工程は、ウイスキーの味と香りをより深める意味もある。職人の腕の見せ所だ。

あえてブレンドせずに樽から直接瓶詰めするウイスキーもあるが、加賀見酒造では販売していない。

この場で、伯父のウイスキーをどうするかという話はまとまらなかった。が、やはりある程度は放出することになりそうだ。兄はガックリと肩を落としている。

その後は事務所へ移って質疑応答になった。一時間ほどの話し合いで両社ともに納得したため、甲野側は意向表明書を提出する。これは買収希望価格や、Ｍ＆Ａのスケジュールなどを決める具体的な内容だった。

そこに記されている価格を見て、父親はホッと安堵の息を吐いた。こちらの希望通りの金額だったので。

加賀見酒造が意向表明書の内容を受諾すれば、次回は基本合意書を締結し、会社の譲渡まで突っ走ることになる。

本日のトップ面談の予定はすべて消化したため、甲野ホテルホールディングス側は東京へ帰るとのこと。

加賀見家は車で来ている一行を事務所前でお見送りするのだが……

「では加賀見社長、お嬢さんは責任をもって東京までお送りします」

世那はM&Aのためだけに帰省しているので、トップ面談が終わったら東京へ戻ると、あらかじめ家族に伝えている。何しろ肩書だけの名目的取締役だから、面談さえ終わればやることはない。

そして同じく東京へ帰る甲野が、ついでに世那を送ることになった……と、SNSで話し合って決めていた。地元を離れたところで食事をしようとも誘われている。

娘の交際を知らない父親は困惑顔だ。

「しかし東京までだなんて。駅で降ろしてくれたら十分ですが……」

「いえいえ。目的地は一緒ですから」

「はあ。わざわざすみません」

世那は甲野にうながされてリムジンに乗り込んだ。見送る兄はいい笑顔だが、両親は最後まで複雑そうな表情をしている。

M&Aの相手企業に甘えてもいいのか？　と常識的なことを考えていそうだ。世那だって甲野と恋人でなければ、送ると言われても固辞しただろう。

この件を両親に伝えたときも、『それは図々しいのでは？』と反対された。なのでこう言っておいた。

『じゃあ交通費ちょうだい。呼び出されたときも含めて往復で三回分ね。今後もよろしく』

そう告げたところサッと目を逸らした母親が、『送ってもらいなさい』と即座に手のひらを返した。さすが経理担当だけあって合理的である。

その母親はトップ面談中、ときどき甲野の顔をじぃーっと見つめていた。容姿が気に入ったのかと微妙な気持ちになったが、母親は端整な顔を見ては首をひねっており、「気のせいかしら？」とか「やっぱり違う？」とかブツブツ呟いていた。どうしたのだろう。

そんなことを考えつつシートベルトを締めると、続いて甲野が乗車してくる。すぐに扉が音を立てて閉められたため、世那は驚いて目を丸くした。

「えっ？　秘書さんは？」

「彼は助手席にいます」

秘書もリアコンパートメントに乗るだろうと思い込んでいたので、甲野と二人きりになって固まってしまう。まあ、付き合っているのだから不自然じゃないが……

「こうして二人きりになれるのは一週間ぶりですね。会いたかった」

甲野が隣に腰を下ろした途端に囁いてくるから、羞恥で鼻がムズムズするのを感じた。

なんとなく鼻血が出そうな感覚だったので猛烈に焦る。イケメンの色香にやられて鼻血を出したら、女として終わる。

強引に意識を変えようと頭を下げた。

「先週は本当にすみませんでした。頭突きをして……」

「女性にやられたのは初めてで、ちょっと感動しました」

「はあ……」

――この人、マゾなのかな？　普通は怒るでしょ。というか男の人に頭突きされたことがあるのかな。

微妙な顔つきになったとき、ふと頭突きしたときの状況を思い出す。

「普段のしゃべり方って、今と絶対に違いますよね？」

あのとき彼の口調が崩れていた。混乱しすぎてすっかり忘れていたが。

甲野は視線を横に逸らし、「あー……」と気まずそうに声を漏らしている。肯定したくないようだ。

「普通に話してもらった方が、私としても壁を感じないので助かります」

ただでさえ住む世界が違う相手として、引け目を感じているのに。

隣に座る甲野は、前を向いたまま渋い表情を見せた。

「……私は言葉が乱暴だってよく言われるんです。あなたを怯えさせたくない」

「でもお付き合いするんですよね。ずっと他人行儀な態度を続けるつもりですか？」

腕組みして天を仰ぐ甲野は、うーん、とかなり悩んでいる。そんなに素の自分を見せたくないのだろうか。

不思議に思って彼の端整な横顔を見ていたら、やがて甲野は吹っ切れたように笑うと体ごとこちらを向いた。

「じゃあ、そうさせてもらうか。理想とは違ったって今さら言うなよ」

ついでに前髪をくしゃくしゃとかき混ぜて下ろしている。綺麗な額が髪で隠れるのはもったいないけれど、お堅い感じが消えたのでホッとした。

世那の肩から力が抜けたのを甲野も感じ取ったのか、ニヤリと唇の端を吊り上げて笑っている。どうやらこちらが本性らしい。

「君も敬語で話すのはやめてくれ」

「でも」

「フェアじゃないだろ。君が改めないなら俺も変えないけど、いい？」

挑発するように首を傾ける仕草に幼さを感じて、なんだか可愛いと思った。同時に〝育ちのいいお坊ちゃん〟であるだろう甲野が、これほど外面と内面にギャップがあるとは意外だ。

まあ、自分はイケメンエリートセレブ様より、素の彼の方が親しみを持てる。

「分かったわ」

頷くと、甲野が晴れやかに微笑んだ。

世那はふと、その美しい笑みに見覚えがあるような、懐かしいような感じを覚えて、じぃーっと見てしまう。

世那の目力に甲野が軽く仰け反った。

「何?」

「うーん、甲野さんを見たような気がするけど、思い出せないから勘違いのような気もして」

「……俺ぐらい顔がいい男、そういないと思うけど」

自分で言ってしまうのがすごい。が、事実ではある。これほどのイケメンに出会ったら絶対に忘れないだろう。

「そうね。気のせいだわ」

「ところでメシだけど、何か食べたいものはある?」

「嫌いな食べ物はないし、アレルギーはないからなんでもいいけど……なんでもいいって言うの、あまりよくないのよね」

以前、山岸に叱られたことがあった。『なんでもいいって言う子ほど、実際に食べると文句言うのよーっ！』と。自分は言ったことはないのだが。

しかし甲野はあっさり、「じゃあ、俺に任せてもらう」とスマートフォンを取り出して操作し始める。

高速道路を使って市外へ出ると、一時間ほどで着いたのは高級リゾートホテルだった。もちろん甲野ホテルホールディングスの系列だ。

「あ、ここって食事が美味しいってネットで見たことがある」

「おかげさまで評判はよくってね。期待してくれ」

甲野が来ると伝わっていたのか、前回同様、支配人が飛んできて六畳ほどの個室へ案内してくれた。

大きな窓からは広大な庭園とその奥に広がる森が見える。森林浴をしたら気持ちよさそうだ。

都会の喧騒から完全に切り離されて、とても静かだった。

景色を見ながらぼんやりしていると、甲野が飲み物から料理までこちらの意見を聞きながら決めてくれる。ありがたく県内産クラフトビールで乾杯してから、創作日本料理をいただいた。

懐石料理なのだが、ワインに合わせるため和洋折衷の味つけにしているという。そのため甲野がすぐに白ワインに変えてくれた。やはり地元のワイナリーのものだ。

世那は地元民とはいえ高価なワインはそうそう飲めるものではないので、ありがたく味わうことにする。

「美味しい……先週に続き贅沢をさせてもらって、申し訳ないぐらい」

「カノジョを喜ばせて自分の株を上げたいだけだよ。うちは飲食に力を入れてるから、次の休みも美味しいものを食べさせる」

「……太っちゃいそう」

「太っても俺が君を好きなことに変わりないから、気にするな」

以前、甲野にものすごく好かれていると感じたが、やはりうぬぼれではなかったようだ。男の人に愛を囁かれたのは生まれて初めてなので、嬉しいものの恥ずかしい。頭がゆだってしまいそう。

気をまぎらわせたくて違う話題を探したところ、大切なことを思い出した。

「あの、二条さんのことだけど……やっぱり彼女が名刺を拾ったって言ってたわ。私の個人情報の管理が杜撰《ずさん》で、甲野さんに迷惑をかけてごめんなさい」

「ああ、あの子ね。大丈夫、対処はしたからもう忘れていたよ」

「対処？」

「今までは結衣がプルクラに通えなくなるのを恐れて、嫌々ながら話だけは聞いていたんだ。会うのはやんわりと断っていたけどね。でも先週、君と連絡が取れるようになったし、プルクラにも通えそうだから着信拒否にした」

　すると二条が結衣の家の周囲をうろつき、住人の様子を探り始めたという。

　世那は箸を取り落としそうになった。

「なっ、なんで結衣ちゃんちに……あっ、甲野さんは結衣ちゃんのご家族と一緒に暮らしているの？」

「いや、俺は一人暮らしだよ。二条さんが握ってる個人情報が結衣のだから、あの子の家に行けば俺に会えるとでも思ったんじゃねえの？」

　真っ青になった。二条が得た個人情報とは、初診時にコピーした結衣の保険証のことだと察して。

　二条が芸能人の自宅へ突撃してからというもの、患者の個人情報の管理は厳重になっている。でも、二条は受付なので、患者の個人情報をたやすく手に入れられる。

　――真宮先生はこのことを知ってるの……？

　プルクラを大事にする院長ならば、このような背信行為など認めないはずだ。それに真宮は、従姉妹の二条とあまり親しくない。トラブルを起こして配置転換になった二条を、よく思っていない印象があった。

いや、そうじゃない。そんなことを考える前にすることがあるだろう。

世那は蒼白の顔でヨロヨロと座椅子から降りると、畳の上で土下座した。

「申し訳ありません！　このことは必ず院長に伝えますので！」

「待て待てっ、君が謝ってどうする」

焦りの声を上げる甲野が慌てて世那に近寄り、肩を持ち上げる。

「謝罪するのは二条さんを雇ってる経営者だろ」

「そうだけど……」

自分には関係ないと、他人事としてとらえることなんてできない。これは立派な犯罪行為だ。公になれば、ダメージを負うのはプルクラを含む心世会になる。

「二条さんのことはたいして気にしてないんだ。結衣の家はホームセキュリティと契約してるから、警備員が追い払ったし」

その際、また同じことをしたら警察に通報すると二条へ伝えてある。その後は家の周囲で彼女の姿を見ていないため、結衣の両親も騒ぎにしたくないという。

それを聞いて少しは安心したものの、世那の顔色はよくなかった。

甲野は自分の席に戻らず、世那のそばで畳にあぐらをかく。

「まあ飲みなさい。気がまぎれる」

そう言いながら世那のグラスにワインを注いでくれる。美しい麦わら色の水面が揺れるのを見て、グッと飲み干した。

「ゆっくりでいいから」

　甲野が苦笑しつつ、さらに注いでくれる。アルコールが効いてきたおかげで、少しは心が軽くなった。

「……すみません。取り乱して……」

「いや、女の子にはショックだったな。俺の方こそすまん。ああいう手合いは昔から多くて、もう気にするだけ無駄だと諦めているから」

　甲野には、子どもの頃から付きまといをする女子がいたという。男友達が悪気なく甲野の住所を漏らしてしまったり、甲野のあとをつけたりして自宅を特定すると、彼と会いたいがためにチャイムを鳴らしたり、集団で家の前をうろついたりしたという。

　そういう女たちへ、『付きまとわないでくれ』と言っても、甲野が声をかけてくれたと、目が合ったと喜ぶだけで話を聞かない。

　しかも単独で動く女はほとんどおらず、徒党を組んでストーカーまがいのことをしては、仲間内でキャアキャアと喜ぶ始末。

　保護者に迷惑行為をやめさせるよう訴えても、彼女たちは、『だって甲野君のことが好きなんだもの』とか『私だけがやったわけじゃないわ』と言い訳ばかりで反省しない。

　話が通じないので無視するしかなかった。

……と、甲野が世間話でもするように淡々と語るから、世那はだんだん悲しくなってきた。

「慣れちゃ駄目だと思うわ……こんなこと、ひどい……」

自分が同じ行為をされたら恐怖でしかない。男と女では深刻さが違うだろうが、甲野だって不快感を覚えたはず。

急に美味しいはずのワインの味が分からなくなり、世那はグラスを持ったままショボンとへこんでしまう。

甲野がうつむく世那の頭を優しく撫でた。

「ありがとう。そう言ってくれる子でよかった」

「……どういうこと？」

「俺が君を好きになったのは、良識があるところが大きいんだ」

甲野の顔に惹かれて積極的に近づいてくる女性は、こちらが被《こうむ》る被害をいっさい考慮しない。徹頭徹尾、自分のことしか考えていない。

甲野は、非常識な行動が相手にどれだけ迷惑をかけるか、想像もできない手合いを心の底から嫌悪していた。

「でも君は俺に執着しないだろ。結衣の治療中、俺の存在を完全に忘れていた」

「治療中だから当たり前だわ」

「それがさ、プルクラへ行く前に耳鼻科や皮膚科にも通ってたんだけど、治療中に看護師さんが集まって俺をジロジロと見るんだよね」

当然医師に怒られ、その叱責を聞いた結衣は怯えて泣き出してしまう。散々だったと彼は疲れたため息を漏らした。

けれど世那は誰に対しても平等だった。自分を素通りする視線が逆に心地よかったと甲野は話す。

「そういう子だから手に入れたいと思った」

「……そっか」

照れるけれど嬉しい。

前回、食事をしたとき、甲野の気持ちをほんの少し疑ってしまった。でも今はすんなりと心に沁みてくる。

彼に対して築いていた心の壁が若干低くなった。親しみが持てたという感じだ。

これは山岸へ抱く親愛の情に近かったため、不意に彼の言葉を思い出す。

『そういうふうに、彼氏の手を握ってあげればいいのよ』

反射的に甲野の右手を、自分の右手で握ってみた。

彼がギョッとし、うろたえている。

「えっ、なんだっ？」

「甲野さんの手を握ると喜ぶと言われたから」

「誰に言われたんだ!?　理久かっ!?」

「なんで兄が出てくるの？」

しかも名前を呼び捨てるなど、そこまで親しい間柄だとは知らなかった。ビジネス上の付き合いだけだと思っていたのに。

互いに疑問の眼差しで見つめ合ってしまう。しばらくすると甲野がそっと世那の手を外した。

「……確かに嬉しいけど、好きな子と触れてたら手で済まなくなるから……俺の理性を殺さないでくれ」

キョトンとする世那は数秒後、彼が欲情を抑えていると察して、かぁーっと顔が熱くなった。絶対に赤くなっているだろう。

世那がようやく察したことに甲野も気づいて、半笑いの表情を見せる。

「清廉潔白に見えても、男なんて煩悩に支配されてるんだよ。油断しない方がいい」

長い間、山岸とプラトニックな関係を過ごし、それで心から満足していたため、男女の基本的なことが頭から抜け落ちていた。

山岸も言っていたではないか。『交際するならエッチもありに決まってるじゃない』と。

「こっ、甲野さんも、えっと、私と、その……」

「エロいことしたいって？　当たり前だろ」

世那が絶句して固まってしまったため、甲野は天を仰いで大きな息を吐いた。

「でも君にまた逃げられたらショックだから、許してくれるまで我慢する」

「えっと、いつまで？」

「いつまでって……」

甲野が泣きそうな顔つきになって頭を抱えた。

このとき部屋の外からスタッフの声がかかる。次の料理がきたようだ。

甲野は慌てて自分の席に戻った。和牛サーロインの陶板焼きが並べられる。

世那は、それに合わせてあらかじめ甲野が選んだ赤ワインを美味しく味わった。しかし彼の方は座卓に両肘をつき、両手の指を組み合わせて額を押さえている。

「甲野さん、食べないの？」

「食べる……」

返事はするものの、動かない。

どうしたんだろう。と世那が不思議に思って見つめていたら、甲野はかなりの間を空けて、動かないまま唸るような声を吐き出した。

「……君が決めてくれ。いつまでも待つ」

どうやら世那の、いつまで我慢するつもりかの答えらしい。

「先週、私に考えさせたら答えが出るまで年単位で待つって言ってたのに、いいの？」

グウゥ、と男の喉から変な呻き声が漏れた。

「年単位か……」

その声が苦悩にまみれている。欲望に耐えていると分かりやすくて、彼のものすごい葛藤を感じ取れた。世那に触れたいのに、頑張って自制していると。

それだけ大切にされていることを察し、恋人を慮《おもんぱか》る姿に世那はきゅんとした。だからこそ、そこまで苦しむほど待たせたくないと思った。

――じゃあいつならいいんだろう？　一年？　半年？　数ヶ月？　数週間？　数日？　分からないため心の中で山岸に助けを求めるが、なんとなく彼なら『いつヤるの？　今でしょ！』とか言いそうだ。

――うん、きっと言う。山ちゃんなら、私に判断させたら永遠に進まないから、もう今にしろって背中を押してくる。

初体験は今でも未来でも緊張するものだ。

――つまりいつだって同じ！

極論に至ったのは、間違いなくアルコールが効いているせいだろう。さらに世那はワインを一気飲みする。

グビグビと飲み干す気配に気づいた甲野は、顔を上げて目をみはった。

「おいおい、どうした?」

「景気づけです」

「は?」

「私だってお付き合いを承諾した以上は何があっても後悔はしません。だからこういうことは甲野さんにお任せしますっ」

勢いよくしゃべったせいか、ヒック、と喉が鳴った。

甲野は呆けた表情で世那を見つめて、「それは——」と言いかけたがすぐに口を閉ざす。

数秒後、いきなりニコッと微笑んだ。

「そうだな。俺に任せてくれ。悪いようにはしない」

まるで生まれながらの詐欺師のように、素晴らしくいい笑顔を見せた。しかも長い腕を伸ばして世那の手を握り、指を隙間なく絡める。

「はぅ……っ」

「こんなことまで耐性がないのか……あの野郎に感謝するべきなのか?」

最後のセリフは口の中で呟いているからか、世那には聞こえなかった。

「えっ、何か言った?」

「いや、こっちの話。——ちょっと待っててくれ。部屋を取ってくる」

「あ、やっぱり今なんだ……」

個室を出ていく広い背中を見送って、だんだんと心臓の鼓動が速くなっていく。気をまぎらわせようとさらにワインを飲んだ。

しばらくして甲野が戻ってくると、付き従う仲居たちがご飯とデザートと新しいワインを配膳した。

「まだ飲むの？」

「ここにはデザートワインの年代物《ヴィンテージもの》があるんだ。試してごらん」

「でも私、だいぶ飲んだし」

「酔ってても可愛いから。正気に戻る前に飲みなさい」

やはり詐欺師の顔で、世那にワインを飲ませるのだった。


食事を終えた二人は、レストランやフロントがあるメイン棟から宿泊棟へ移る。

世那は飲みすぎてまっすぐ歩けないため、甲野の腕にしがみついていた。普段は家族でも甘えることとなんてないのに、緊張やためらいといった感情はアルコールで完全分解されている。

部屋専用の庭を通って玄関にたどりつくと、このホテルの宿泊棟は、周囲の視線をまったく感じない造りになっていると気づいた。

コテージみたいだな、と世那はぼんやりとした頭で考えながら玄関ドアをくぐる。広いエントランスホールには階段があった。

どこへ続いてるんだろうと見つめていたら、甲野が「この部屋は二階建てのメゾネットタイプなんだ」と教えてくれる。

「ちなみに風呂は二階にあるから、おすすめは二階だな」

おすすめしてくれるなら、そちらの方がいいかな、と世那は素直に頷いた。

「じゃあ、二階、行く……」

彼のスーツの袖を軽く引っ張りつつ見上げると、甲野はなぜだか両手で顔を覆ってしまった。

「可愛い。俺の世那が可愛い」

世那さん、ではなく初めて呼び捨てにされた。しかもそんな反応をされると、ときめきが止まらなくてソワソワする。

プルクラで初めて会った頃の甲野は、あまりにも顔がよすぎて得体の知れない印象だった。その後は、既婚者のくせに誘惑しやがってと幻滅していた。

そして先週は素敵なスーツを着こなすエリートビジネスマンだったから、さらに近寄りがたい気持ちを抱いていた。

だからこんなにも自分を好きでいてくれると、胸がドキドキして落ち着かない。

動揺しすぎて、壁に手をつきながらヨタヨタと二階へ上がる。

「わぁ……！」

窓が床から天井まで壁一面のガラス張りになっており、森と一体化したような開放感を覚えた。しかも外には広いテラスがあって、大きなバスタブが置かれている。すでに湯があふれそうなほど溜まって湯気が立ち上っていた。

「お風呂……」

飲酒のせいか少し汗ばんでいたため、ふらふらとテラスに近づいてしまう。

「酔っぱらって風呂に入ると危険だぞ。俺が一緒ならいいけど」

「うーん……」

さすがに付き合い始めたばかりの恋人と風呂に入るなんて、大いにためらう。

すると詐欺師の面をした男は、いい笑顔で世那の顎を優しくすくい上げる。

「このホテル、全室に温泉を引いているんだ。入りたくないか？」

「温泉……好き……」

「じゃあ一緒に入ろう」

「でも、やっぱり、恥ずかしい……」

「大丈夫。森から覗《のぞ》くような奴はいないから。敷地内に不審者が入らないよう常に監視してるし」

世那が言っているのはそういうことではないのだが、もちろん甲野は分かっていて話をはぐらかしている。しかも世那が迷っているのに気づきながら、スーツのジャケットとウエストコートをソファに投げ捨て、どんどん服を脱いでいく。

「え⁉」

世那は慌てて彼に背を向けるものの、窓にうっすらと彼の姿が映って見えてしまう。固く目を閉じ、さらに両手で顔を覆う。

背後から衣擦れの音が止むと、甲野がこちらのジャケットを脱がそうとする。

「目を閉じたままでいいから、腕を抜いてくれ」

今日は仕事なので、めったに着ないセットアップスーツを身に着けている。世那は言われるがまま、淡いベージュのジャケットとサーキュラースカート、無地の白ブラウスを脱がされる。

下着姿になった世那を、背後から甲野が抱き締めた。世那の体がビクッと大きく揺れる。

素肌に直接、彼の肌を感じて、甲野が一糸まとわぬ姿になっていると悟った。

「世那……」

彼が艶《なま》めかしい声を耳に吹き込み、口づけてくる。そんなところに他人の唇を感じたことがないうえ、あふれんばかりの色香を注がれて、悲鳴を上げそうになった。

「全部脱がしたい。いい？」

許可を求めながらも、すでに男の手はキャミソールをたくし上げている。山の空気が素肌を撫でてきた。

「世那、体が冷えるから早く温泉に入った方がいい」

「脱がさなきゃ、いいのに……」

憎まれ口を叩いても、機嫌がよさそうな笑い声しか返ってこない。

目を閉じたまま世那は迷う。甲野は引く様子を見せないし、さすがに全裸の彼をおいて逃げ出すことなどできない。

「なあ、頼むよ、力を抜いてくれ……」

吐息ごと縋るような声で囁きを吹き込まれ、世那はゾクゾクと背筋を震わせる。これ以上、意地を張れなくて頷いた。

大人しく下着を脱がされ、ブラジャーもショーツもストッキングもすべて奪われて、生まれたままの姿になる。

胸と脚の付け根を手で隠すものの、猛烈に恥ずかしくて気絶しそうだ。

甲野がそっと世那の体を押してテラスへうながすから、目を閉じたままでいるのは危なくてバスタブだけを見ることにした。

急いでかけ湯をしてから湯船に入る。肩甲骨まである髪が濡れたけれど、メイクポーチに入れっぱなしの髪ゴムを思い出す余裕なんてなかった。

彼が湯に浸《つ》かる音が聞こえて、だんだんと動悸が激しくなってくる。温泉は気持ちいいけれど、やっぱり恥ずかしくてすぐにのぼせそう。

うつむいて小さくなっていたら、甲野が背後から世那の髪の毛を片側に寄せて、剝き出しになった肩に湯をかけた。

「顔を上げてごらん。ここから見る景色は評判がいいんだ」

おそるおそる顔を上げると、雄大な風景が視野に飛び込んでくる。

「あ……」

宿泊棟はメイン棟より高い位置に建てられているのもあって、二階からは森の向こう側にある湖がよく見えた。光を浴びて水面《みなも》がキラキラと輝いている。

「綺麗……」

かすかに感じるそよ風は、花の香りを含んでおり心地いい。世那は感嘆のため息を漏らしながら景色に見入る。

しばらくすると、後ろから腹部にやんわりと腕を回された。こちらの臍《へそ》を覆うように彼の両手の指が組まれる。

己を見下ろせば、まるで腕という輪の中に閉じ込められているようだった。同時に、絶対逃がさないとの意思を感じてドキドキする。

「俺にもたれてごらん」

「……ご遠慮します」

「ほらほら、もう諦めなさい。ここまで来たら逃げられないぞ」

逃がす気もないし、と続けられた言葉に身をすくませる。

「アルコールが足りなかったかも……」

湯に入ったせいで冷静さが戻ってきた。

甲野がやたらと酒を飲ませたのは、途中で世那が怖気づき、「やっぱりやめる」と言い出すのを阻止しようとしていたのだ。

世那の情けない声に、甲野は声を上げて笑い出した。

「さすがにあれ以上は飲まない方がいい。吐くぞ」

「それはもっと恥ずかしい……」

恥ずかしいというか、恥そのものだ。大人になって黒歴史を生産するのは、思春期の頃よりもダメージが大きすぎる。

甲野の両脚が世那を挟むようにして伸ばされた。

「お互いに素っ裸で風呂に入ってる時点で、めちゃくちゃ恥ずかしいことをしてるだろ」

「そうだけど……」

散々迷った末に、諦めて背後にもたれてみた。

背中に感じた肉体はとても硬くてたくましくて、自分とはまったく違う質感にうろたえる。女性みたいな柔らかさや弱さを感じさせない。

そしてお尻に棒のような形状を感じて、息が止まりそうになる。

処女でもこの歳になれば、セックスについての知識は無駄に得ている。これが何かは分かっている。

「また力《りき》んでるぞ」

「だって私、経験ないから……」

恥を忍んで白状すれば、喪女《もじょ》の言い訳みたいに聞こえて居たたまれない。いくら出会いのない女ばかりの職場に勤めてきたといっても、出会いを求めて動かなかっただけだ。

「まあ初めてなら緊張するよな。でもダラダラした方が楽になるぞ」

甲野が、ちゅっ、ちゅっ、と肩に吸いつきながら話すから、吐息を皮膚にかけられてくすぐったい。

その刺激から逃げようと身じろぎすれば、お尻の肉が彼の分身とこすれた。

「あー……、これだけで気持ちいい……」

うっとりと呟く声に劣情が混じっている。

自分が何をしたか悟った世那は、真っ赤になって体が動かないよう自制する。でも彼の唇が、だんだん上がってくるから焦る。

首筋から頰へ、頰から耳へ、と唇が素肌をかすめるたびに、世那は腰に痺れを感じた。

「世那……こっち向いてくれ……」

それは今までとは違う、男の色香と欲情と哀願を絡めた声だった。まるで先ほど飲んだデザートワインのようで、ドライフルーツの蜂蜜漬けを思わせる。

こんな艶声《つやごえ》で誘惑されたら、体の芯がとろけてしまいそう。

おずおずと振り返れば、甲野は湯を頭からかぶったらしく、髪が濡れて前髪はゆるく持ち上げられていた。

この髪型を見ると仕事中の彼を思い出す。凛々しくてあまり柔らかさを感じさせない姿を。

なのに今は、こちらを射貫く瞳に隠しきれないほどの劣情と興奮がある。見つめ合っているだけで緊張するのは、まるで頭からパクッと食べられてしまいそうだから。

ゆっくりと美しい顔が近づいてくる。視界に彼の瞳しか映らなくなったとき、唇がそっと塞がれた。

人生で二度目のキスは、心構えができていたせいか、初めてのときより冷静だった。自然と瞼を下ろして彼を受け入れる。

上唇、下唇と、何度も吸いつかれて、口から心臓が飛び出そうな気分を味わっていると、やがて甲野が顔を引いた。

「世那、口を開けて」

彼の人差し指が、下唇をプニプニと優しく押してくる。

「なんで、口を開けるの……?」

キスの余韻でぼんやりと聞けば、甲野があくどい笑みを浮かべる。

「舌を入れたいから。世那の口の中を隅々まで味わいたい」

卑猥に感じる言葉に、羞恥と怯えと、少しの興味を覚える。

ディープキスだと思い至った世那は、ためらいながらも薄く口を開いた。

その従順さに甲野の笑みがより深くなる。

「いい子だ。舌も出して」

反射的に舌をちょろっと出したら、甲野がかぶりついてきた。

「んっ、……んんんっ」

肉厚な舌が口内をぬるぬると這い回り、言葉ごと舌を搦《から》め捕《と》られる。

「ふぅっ、んく……っ」

舌が根元から舐め上げられ、すり合わせるように絡まると、口の中が彼でいっぱいになる。

——え、えっ、なんか、すごいことしてる……っ。

想像以上の衝撃だった。舌を入れられるなど気持ち悪そうなのに、全然そう思わない。

それどころか気持ちいいとさえ感じる。

自分と相手の唾液があふれて溺れそう。

「あふぅ……、んっ、あぅ……っ」

息が続かなくて体から力が抜けた直後、ガクッと頭が後ろに仰け反った。甲野が手のひらで支えてくれたが、後頭部の髪が濡れてしまう。

「大丈夫か?」

ハァハァと肩で息をするから答えられない。ただただ、大人のキスってすごい、と大人のくせに混乱して。

「可愛い、世那……好きだ。俺のことも好きになって……」

甲野が切なさを含んだ声で囁き、ぎゅっと抱き締めてくる。

世那の胸の奥がつきんと痛んだ。

——私、甲野さんのことは嫌いじゃない……じゃあ好きなの……?

世那がうろたえたのを感じ取ったのか、甲野は優しい眼差しで見つめてくる。

「そんなに悩まなくていいから」

彼が、世那の汗で張りついた前髪をサイドへ流してくれる。

「お試しだと言っただろ?　付き合っていくうちに俺のことを好きになればいいんだ」

彼はたぶん、世那が思い詰めないように軽い口調で告げている。確かに先週、どうしても好きになれなかったら諦めるとまで言ってくれた。

でも本当に好きになれなかったら、この人を悲しませてしまう。

――こんなにも優しくて誠実で、私のためにここまで尽くしてくれるのに、それを跳ね除《の》けるなんて許されるの……？

あまりにも残酷で身勝手ではないか。

戸惑いから世那が視線を横に逸らすと、甲野が話を変えてくれた。

「のぼせそうだな。そろそろ出るか」

山岸の言う通り、気遣いのできる人だと思った。……自分にはもったいないような気がする。

「……メイク、落としたい」

汗をかいて顔はドロドロだろうから、みっともない顔を見せたくない。

「ああ。女性用のアメニティはそろってるから。遠慮なく使ってくれ」

甲野の視線の先には客室内のバスルームがある。……壁がすべてガラスなので外から丸見えだ。

消えていた羞恥心がむくむくと湧き上がってきた。

「……甲野さん、先に部屋に入ってて」

「ああ、そうだな」

ザバッと湯を跳ね上げて彼が立ち上がったため、ちょうど世那の真正面に彼の局部がさらされた。

喉の奥で悲鳴が凍りつく。

彼の肌の色とは全然違う、赤黒くて奇妙な形をした屹立が天を向いて聳《そび》えていた。それは太くて長くて、ところどころ血管が浮き上がって、見たことがないほど禍々《まがまが》しい形状をしている。

想像していた男性器とはかけ離れた物体に、世那は怯えながらも視線を外すことができない。

「見すぎ」

笑いを含んだ声にハッとする。見上げると、さすがに甲野は照れたように苦笑していた。その表情が可愛らしくて胸が高鳴るけれど、未知の物体が視野に入り込んでいるから、ときめきと怯えがぐちゃぐちゃに混ざって心臓が破裂しそうだ。

世那はノロノロと回転し、甲野へ背を向けて膝を抱える。

すぐに背後から、彼が風呂を出ていく音がした。そっと振り向けば、甲野はちょうど脱衣所でガウンを着ている。

素肌が隠れる直前に見てしまった、彼の後ろ姿にドキドキした。

筋肉が浮き上がる広い背中に、引き締まった臀部、形のいい長い脚というバランスの取れた肉体だ。

無駄な贅肉《ぜいにく》などどこにも感じられなくて、魅力的でたくましい。チラッと見ただけなのに惚れ惚れする。

世那は思わず自分の体を見下ろした。

胸はDカップなので小さくはないと思う。ウエストは細くもなく太くもないが、もともと全体的に太ってはいないしやせてもいない体だ。身長は百六十センチちょうどで、体重は……最近、体重計に乗っていないので分からない。

彼の男らしい体に見合う肢体なのかと疑問を覚える。あんないい男に惚れられる要素を、己の体に見出せなくて。

——い、いや、甲野さんは私の仕事に対する意欲とか、良識とか、内面的なものに惹かれたって言ってたもの。体はそう重要じゃない、はず……たぶん。

でも東京に帰ったら、ジムかヨガに通おうと思った。

部屋の浴室でメイクを落とし、ついでに体も洗って綺麗にしておく。それからバスローブを羽織って、おそるおそる部屋の扉を開けた。

「あれ？」

広い部屋には甲野の姿がない。

——まさか逃げたとか？　……いや、ありえないか。待っていればいいかな。

ソファに座ることなくウロウロしていたら、すぐに階段を上る音が聞こえた。バスローブを着た甲野が現れる。

「おっ、出たか」

ミネラルウォーターのペットボトルを渡してくれた。この部屋は一階にミニキッチンがあるため、取りに行っていたらしい。喉が渇いていたからちょうどよかった。

水を飲んで大きく息を吐くと、「おいで」と背中に手を添えてうながされる。向かった先はベッドルームだ。

クイーンか、キングサイズはありそうな大きなベッドを見た途端、世那の両足が止まってしまう。

その萎縮を感じ取ったのか、甲野は世那のペットボトルを取り上げ、いきなり肢体を縦抱きにした。

「わあぁっ！」

浮遊感に恐怖を覚えて彼の首にしがみつく。自分の体重は決して軽くないのに、グラつくことなく支える力強さに〝男〟を感じて動揺した。

この人に今から抱かれるんだ、との考えに焦っていたら、ベッドに下ろされてバスローブの腰紐を引き抜かれる。

「わあぁっ、待って……っ」

「ここで待てるかよ」

「わっ、私だけ裸ってめちゃくちゃ恥ずかしい！」

「ああ、それなら」

甲野がベッドの上で膝立ちになり、バスローブを脱いで背後の床に放り投げた。またもや眼前に、天を向く立派すぎる一物がさらされる。

心の中で、「どうして見せつけるのよぉ……」と半ベソをかきながら後ずさった。

このとき足先に薄手の毛布を感じ、無意識に手繰り寄せると体に巻きつけながらクルクルと転がって、セルフで簀《す》巻《ま》き状態になった。

さすがに甲野も目を丸くし、口が半開きになって唖然とする。

「えぇ……セックスがいやってわけじゃないよな……？」

その声が今まで聞いたことがないほど自信なさげだから、誤解されたくなくてボソボソと否定した。

「こうすれば、少しは恥ずかしさが治まるかなと、思って……」

沈黙がベッドルームに満ちる。

数秒後、甲野は腹を抱えて笑い出した。

「た、確かに……っ！　ブハッ、毛布にくるまるとっ、ヒッ、安心するよな、グフッ」

世那は羞恥が治まるどころか、よけいに恥ずかしくなってきた。

もぞもぞと動いてさらに簀巻きの中に潜る。その分、両脚がニョキッと裾《すそ》から出てしまう。

太ももの半分まで露出しているため、大変艶めかしい姿だ。でも簀巻きなのでシュールでもある。

甲野は噴き出したい衝動を必死にこらえ、目尻に浮いた雫を拭った。

「じゃあそのままでいいから。息苦しくなったら出てこいよ」

世那は毛布の中で頷く。すると足首をそっと握り込まれた。

「あっ……」

「細いな。余裕で握れる」

彼が足の甲を撫でさすってくる。しかも足の指の間を指先で刺激された。

「やっ、くすぐったい……」

世那が反射的に脚をばたつかせると、甲野が空いている方の手で動きを止める。

「おっと、蹴るなよ。さすがに痛いからな」

ピタッと世那の動きが止まった。彼氏を蹴飛ばすことはしたくないと、大人しく縮こまる。その途端、足の指先にぬるりとした感触があって悲鳴を上げた。

「えっ、何!?」

「何って、舐めてるだけ」

「なめ……っ、足なんて舐めないでぇっ」

「ちょっとだけだから、いいだろ」

「それって男の人が『先っちょだけ』って言うのと同じなのでは⁉」

「ハハハッ、そんな下ネタ、どこで知ったんだ。今は忘れなさい」

甲野が足の指を口に含み、怯える体を慰めるように舌を絡ませる。

世那は、ぬるぬるとした感覚が足先から足の甲、足首、ふくらはぎ、と脚の付け根を目指して這い上がるたびに震え上がる。

しかもところどころ吸いつかれ、チリッとする痛痒《いたがゆ》い刺激が刻まれるから戸惑ってしまう。

「えっ、何してるの？」

「知りたいなら毛布から出てきな」

「うう……」

正直なところ出たい。けれど自分から裸体を見せる覚悟ができなくて迷う。もう風呂で見られているが、常に裸である入浴時と、常に衣服を着ているベッドの上では、羞恥のレベルが雲泥の差なのだ。

——こういうところが理屈っぽくって面倒くさいんだわ……でも高齢処女だって初めては緊張するもの。

「甲野さん、カーテン、閉めてほしい……」

午後の日差しが差し込み、室内は照明を点けなくても明るい。だからこそ未知への行為に萎縮する。

こんなときになって、処女がいちいち「明かりを消して」と訴えるのは意味があったんだと学ぶ。

分かった、と甲野がベッドサイドにある客室タブレットを操作し、カーテンを閉めてくれる。

おかげで毛布の中にすっぽり収まっている世那でも、光が消えていくのを感じた。

とはいえ日中だから暗闇になったわけではない。それでもほんの少し心が慰められた。

「ひゃうっ」

いきなり温かくてしっとりとした手のひらが、内ももを撫でてきた。さらにチリチリとした痛痒さも這い上がってくる。

他人の温度を感じたことがないデリケートな部分を刺激されて、形容しがたい疼きと焦りが生じた。もじもじと体を揺らすのが止められない。

……簀巻きになっているので芋虫が動いているようにも見えるが、本人は必死だった。

「あっ、だめっ、それ以上は……」

彼の手が毛布の中に入ってくる。それより上に手が伸ばされたら、女の大事な部分を暴かれてしまう。

「何がだめ？」

「だって、見えちゃう……」

「じゃあ見なければいい？」

迷いながらも世那は頷く。

甲野がやはり詐欺師みたいな顔になり、スッと腕を毛布の奥に突き出す。

「ふあっ！」

横向きに寝そべっている世那のお尻をまさぐられた。彼の大きな手のひらが、張りのある臀部の感触を堪能している。

やがて秘部を避けて、太ももや下腹をじっくりと触ってきた。

挑発するような手つきに、世那の体温が徐々に上がってくる。腹の中もじんわりと熱くなって、なぜか脚の付け根のさらに奥がじれったく感じた。

何かが……おそらく体液があふれそうな予感がする。

「なっ、なんか、お腹から出るというか……漏れちゃいそう……」

甲野がブハッと噴き出した。

「それは愛液だな。おかしなことじゃないし、君が濡れてきたってことだから俺は嬉しいけど」

「私が濡れたら、喜ぶの……？」

「そりゃあ、俺の手で感じたってことだろ？」

「う……」

「初めてならたくさん濡れた方が痛くない。そのまま感じていろよ」

長い指が下草をかき分け、まだ乾いている肉の唇をそっとひと撫でする。

「ひぁっ」

世那を傷つけないよう、慎重に指の腹で肉びらをなぞってくる。触れるか触れないかの優しいタッチに絆《ほだ》され、秘唇が口を開けた。出口を求めていた蜜液がコポッと吐き出される。

「……ああ、ほんとだ。たくさん出てきた」

満足そうな彼の声に、世那は穴があったら入りたい気分に陥《おちい》る。おかしいことじゃないと言われても、これが愛液、つまり男性を受け入れるための潤滑油だと思い至って、羞恥がすごいことになってきた。

まるでおもらししているみたいだから、脳が煮えそうだ。しかも毛布で簀巻きになっているため、だんだんと暑くなってくる。

——どうしよう、ここから出たい……けど、甲野さんの顔を直視できない。

内心でものすごく慌てていたら、思わず「暑い……」と漏らした。

「そりゃあ、毛布にくるまっていたら暑いだろうな」

甲野がそう告げた途端、毛布ごとコロンッと回されて上向きになった。しかも彼の手が膝裏をつかんで持ち上げ、ガバッと左右に広げてくる。

毛布がめくれてM字開脚になった局部がさらけ出された。世那は簀巻きの中で目玉が零れ落ちそうなほど見開く。

「きゃあぁっ！　やだぁっ！」

「この方が涼しいだろ？」

「違うそうじゃない！　待ってお願い待って……はあぁっ！」

蜜口に、指とは違うぬるついた硬い感触が這い回る。何が触れているのか一瞬分からなくて、パニックになった。

けれどすぐに熱い吐息を感じ、彼の舌だと、彼が秘所を舐めているのだと悟ってよけいに混乱する。

「うそそうそうそっ、やだぁ……っ」

セックスではそういう行為をすると知っていたが、実際にされたときの感覚は想像以上の衝撃だった。

いくら洗ったとはいえ、そんなところを舐められたくないと身をよじる。

「うあぁ……、んん……っ、はぁん……」

嫌なのに、蜜口へ注がれる刺激が徐々に気持ちいいと感じてしまい、腰が震える。

それでも大股を開いている羞恥がすごくて、精神が燃え尽きそうだ。せめて脚を閉じたいと太ももに力を込める。

頭部を挟まれた甲野がクスクスと笑いながら、内ももの付け根にきつく吸いついた。

その鋭敏な刺激に、世那は悲鳴を上げながら蜜を垂らす。

「あぁん……」

「こら、抵抗するんじゃない」

「だって、だってぇ……」

涙声でベソベソと漏らせば、「そんな声を聞くとよけいに興奮する」と上ずった声で言われ、慌てて口を閉ざした。

直後、太ももを押さえていた手が秘園へ伸びてくる。秘裂に隠れている、まだ柔らかい肉粒に触れてきた。

「あぁう……！」

軽く触れられただけなのに、痺れるような感覚が押し寄せてくる。

口を閉ざしても声が止められない。しかも指の腹で円を描くように撫でてくるから、形容しがたい疼きが連続してほとばしる。

女の性《さが》が目を覚ましたのか、さらに蜜がコプリと吐き出され、しかも発情した雌の香りが立ち上る。

大きく息を吸い込んだ甲野が、恍惚の表情で蜜芯をこね回した。

「あぁんっ、や……っ、はぁっ、そんなに、いっぱい……っ」

「いっぱい、何？」

「いっぱい、さわっちゃぁ……あっ、あぁっ」

「いっぱい触ってほしいのか？　よしよし」

「んあぁっ！　ちがっ、ひうぅ……っ」

男の指先が愛蜜をすくって突起にまぶし、二本の指でこすり合わせる。ぬるんっとすべって逃げる肉の粒をいじめるように、何度も執拗につまんでは休みなく快感を刻みつけた。どんどん強くなる刺激が世那の体の中央を駆け抜け、背筋が弓なりに反り返る。逃げなくちゃと必死で身をよじるけれど、簀巻きになっているのでたいして動けない。しかも毛布から出るには回らないといけないのに、焦って悶えることしかできなかった。

――あつい……あたまがクラクラする……っ。

今の自分は、腰から上を拘束されて大股を開き、女の大切な秘部を全開にして男へ差し出し、恋人がじっくりと見て触って舐めている状況だ。

それを思い浮かべて死にそうなほどの羞恥と、まったく抵抗できない焦燥で頭がどうにかなりそうだった。

「おねがい、まってぇ……っ」

「んー」

甲野は世那の状況に気づいているが、抵抗が弱いからちょうどいいと聞き流している。さらに機嫌よく蜜口にしゃぶりついた。

ざらついた舌の腹で肉の輪をツーッとなぞり、しこり始めた蜜芯の包皮を剝くと、指でこすっては押し潰す。

涙混じりの嬌声が彼の耳には心地よいらしい。

男の手管に過剰なほど反応し、ビクビクと体を波打たせる世那の様子を愉《たの》しんでいた。

「だめだめだめだめぇぇ……っ」

世那の悲鳴に近い喘ぎ声に、少しずつ甘さと艶が乗ってくる。──快楽を感じ始めている。

世那は自分の甘ったるい声を止めたいのに止められなくて、羞恥が限界を突き抜けそうで必死に身悶えた。

でもやはりそんなに動けなくて、自由を奪われて嬲《なぶ》られる状況に涙がボロボロと零れ落ちる。

このとき彼の指が一本、ぬかるみにズブズブと埋められた。

「あっ、あぁぁ……！　ゆびっ、ゆびぃ……」

ぐちゅうっ、と卑猥な音を鳴らして根元まで埋められた指が、膣路をくまなく、丹念にかき混ぜてくる。まだ生硬い媚肉を傷つけないよう、慎重に丁寧に指全体を使ってまんべんなくほぐそうとする。

世那は指が動くたびに微細《びさい》な快感が方々へ散って、体が発熱したみたいに熱かった。視野が涙でぼんやりと滲み、迷子になったような気分に陥る。

しかも彼が指を鉤状に曲げて媚肉をこすったとき、きゅうーっと膣が指を締めつけた。密着すると指の長さとか、関節のゴツゴツした部分とか、細部までやたらとリアルに想像できる。自分の中に他人の指が入っていると自覚し、脳が溶けそうだ。

「いやぁ……へんなかんじぃ……っ」

「うん。それが気持ちいいってことだから。もっとたくさん感じような」

「やっ、こわい……」

「大丈夫。君がセックスに夢中になれるよう頑張るから」

そんなこと頑張らないで、との言葉は、甲野が蜜芯を舐めたことで発せられなかった。しかも包皮から顔を覗かせた突起にちゅうちゅうと吸いつき、唇でしごき、たまに甘噛みしてくる。

その都度、世那は甲高い嬌声を上げて身をよじった。しかも指の動きを止めてくれないから、だんだんと快感に耐えられなくなってくる。崖っぷちに追い込まれ、そこから飛び降りろと迫られているようで。

——今っ、指ごと手が回ってる……お腹の中を指が隅々まで触ってるのが分かる……恥ずかしい……！

カーッと頭に血が上り、動悸が速くなって息が苦しい。毛布の中がものすごく暑くて意識がふわふわする。

おかしな声を出したくないのに止められなくて、しかもどんな声を出しているか分からなくて。

脳が音を認識してくれない。気持ちいいけど苦しくて頭が馬鹿になっちゃいそう——

「んんぅっ！　んあっ、もぉ……あっあっ、あぁぁ——……っ」

視野に白い閃光が走り、視覚も聴覚も何もかも感じなくなる。まるで真っ白い世界に取り残されたみたいに。

意識が硬直して、目を見開いたまま数秒ほど意識を失っていた、と思う。

気づいたときには、はぁはぁと激しい呼吸を繰り返して汗だくになっていた。

そのまま放心していたら、毛布を引っ張られて転がされる。

「きゃあぁっ」

コロコロッと回転して、簀巻きからようやく抜け出すことができた。

ひんやりとした空気がほてる肌に心地よく、深呼吸を繰り返すと、少しずつ体の中の熱が沈静化していく。

「すずしい……」

上から笑い声が落ちてきた。

「全身、真っ赤だな。もう簀巻きになるなよ」

肢体に覆いかぶさった甲野が、笑いながら世那の前髪をかき上げる。

世那は、「うん」と弱々しく頷いて彼をぼんやりと見上げた。

あいかわらず眉目秀麗な顔だが、飢えた野生動物を思わせる気配が滲んでいる。

彼に美味しく食べられる予感に、世那は己の女の部分がゾクゾクと悦んでいることに気がついた。

股座《またぐら》の奥から蜜液が零れ落ちそうだ。いや、落ちそうじゃなくて、すでに蜜口は粘液でぬかるんでいる。

しかも下腹部がきゅんきゅんと切なく疼く。生まれながらに持つ空洞を埋めてほしいと、初めて性感を強く意識した。

――もしかしてこれが、エッチしたいって感覚なのかな。

性への渇望は、山岸にカミングアウトされる前でさえ感じなかった。だから初めての感覚に戸惑いながらも、体は正直なので瞳がもの欲しそうに潤んでしまう。眼差しにも甘さと色香が混じる。

男を知らない生娘でも、女の本能が雄を求めて変化し始める。まるで誘惑のフェロモンをまき散らしているよう。

　ゴクッと甲野が男らしい喉仏を上下させた。好きな女の子の媚態に煽られ、矢も盾もたまらず唇を重ねて、貪るようにキスを繰り返す。

　世那も舌を差し出し、たどたどしい動きながら愛撫を返そうとする。互いに夢中で舌を絡ませ合い、息が苦しくなるまで唇に吸いついた。

　やがて世那の舌が痺れてキスが続けられなくなってきたとき、唇を離した甲野が額を合わせてくる。

「挿《い》れてもいいか？」

　間近で見る彼の瞳はとても綺麗で、少し怖いほど真剣で、胸が高鳴って呼吸が止まりそう。

　顔を赤くする世那は小さく頷き、おずおずと自分からキスをした。それが嬉しかったのか、甲野がこちらの背中に腕を回してぎゅっと抱き締めてくる。

「世那……可愛い……」

　感極まったように呟く声も、自分を閉じ込める腕の強さも、彼の愛情を分かりやすく示している。

　──甲野さんも、なんか可愛い。

　この気持ちはたぶん、顔の造作が整って可愛いとかではなく〝愛《いと》しい〟に似た想いなのだろう。

それを自覚すれば、胸がきゅうーっと絞られるようにときめいて心が熱くなった。きっと顔はさらに赤くなっているはず。

――私、この人のこと、好きになる。

自分は心のどこかで、恋とか愛とかよく分からない欠陥人間かもと思っていた。だから初めての彼氏に性欲を覚えなかったし、『女性として好きになることができない』と言われても驚いただけで怒らず、彼の性的指向を知ってもなお友人として付き合い続けた。

でも甲野となら、きっと大丈夫という予感がして、震えるほどの熱い想いが体の奥底からこみ上げてくる。

実際にぶるっと震えたのは、武者震いかもしれない。

「甲野さん……」

甘えるように耳元で囁けば、彼が勢いよく体を起こした。――その顔が赤い。

「その声……反則だろ……」

「え？」

きょとんと見上げれば、甲野は切羽詰まった様子で枕の下から避妊具を取り出し、ものすごい早業《はやわざ》で自身に装着した。

――え、早っ。

世那が唖然と見つめていたら、こちらの両脚を再び限界まで開いてくる。

「うにゃあぁっ」

自分のあられもない姿を目の当たりにして、変な声が漏れた。しかも消化できたと思った羞恥がよみがえって、心拍数がどんどん上がっていく。

それでも今はさすがに逃げようとはせず、素直に力を抜いて彼に身をゆだねた。

蜜口に硬いモノが押し当てられる。肉の輪を彼の大きさにまで広げ、熱くて硬い剛直が押し入ろうとする。

「あぅ……っ」

甲野が潤沢な蜜を亀頭に絡めて滑りをよくしながら、小刻みに腰を前後させては屹立を沈めていく。

「あ……はぁっ、ん……んぁっ、あぁ……」

彼が動くたびに、世那も揺れて声が喉から押し出される。下腹部からぐちゅぐちゅと淫《みだ》らな音も響く。

――あ……すごい、入ってくる……まだ奥に、入ろうとしてる……っ。

とうとう肉茎が付け根まで埋められ、空洞を隙間なく満たした。内側から強引に拡げようとする感覚が苦しくて、世那は海老《えび》反《ぞ》りになって歯を食いしばる。

「ハッ、世那、息を止めるな」

「……あ、う……っ」

圧迫感がすさまじく、お腹が破裂しそうな恐怖から息が乱れる。陽根が腹の中を限界以上に占領しているのが感じ取れて。

このとき彼が、硬くしこった蜜芯を指の腹で刺激してきた。

「あっ、あ……」

鮮烈な気持ちよさが拡散して、世那は浮き上がった背中をシーツに落とし、呼吸を思い出す。

「ふはぁっ、はぁっ、あん……、いっぱぃ……」

視線を結合部へ向けると、互いの股間がぴったりと触れて、草叢《くさむら》が絡まり合っている。

「大丈夫か？　痛くない？」

「ちょっと痛いけど、大丈夫……」

高校生のときに友人から聞いた体験談は、『叫ぶほど痛かった』ので、ピリピリした軽い痛みだけで済んだのは助かった。

ただやはり男根をすべて飲み込んだ衝撃はすごくて、内臓が異物を吐き出そうと蠢いているみたいだ。収めているだけでゾワゾワするし、焦燥にも似た感覚が迫ってくるから落ち着かない。

思わず身じろぎしたら、快感を含んだ呻き声が降ってきた。

「こすれて気持ちいい……世那に嬲られてるみたいだ……」

甲野が、はぁ、と非常に色っぽいため息を漏らしている。額に汗を浮かべつつ目元を赤く染めて感じるその姿が、とても蠱惑的で目が離せない。

彼が魅力的な美形であることは嫌というほど分かっていたけれど、男の色香もすごいのだと見せつけられて、体の中から響く心臓の鼓動がひときわ大きくなる。

「なっ、嬲られてるのは、私の方だわ……」

彼の手練手管に、泣いて悶えてびしゃびしゃに濡れるぐらい翻弄されて、現在進行形で攻められている。

大きく息を吐いた甲野が、ニィッと悪戯っぽく笑った。

「それは失礼した。精一杯、優しくするから」

甲野は手のひらを世那の下腹部に乗せて、かすかに盛り上がっている部分の輪郭を確かめるように撫でる。

「あ……っ」

背中が粟立ち、腹の中がじぃんと痺れた。それ以上触っちゃ駄目だと、本能が警鐘を鳴らす。

「や、待って」

すぐさま彼の手首を握って止めたものの、甲野はいい笑顔で「なぜ?」とわざとらしく首をひねっている。

「だって、ゾワゾワする……」

「ふぅん、どうしようかな」

甲野が曖昧に呟いた直後、腰をゆっくりと引いて長大な陰茎をずるずると抜き出した。密着具合が大きいため、慎重に動いていてもお腹の奥がきゅんきゅんする。

「んんぅっ」

亀頭のくびれまで引き抜いたら、再び押し込んで肉槍のすべてを世那に飲み込ませる。

「あっ、んっ」

一往復しただけなのに、つながったところから微電流みたいな快感が放出されて、腰が痺れた。

「ひあぁ……」

媚肉が痙攣して陽根をいやらしく締めつける。締めれば締めるほど世那もまた快楽を感じ、じゅわぁっと蜜があふれ出た。まるで、気持ちいいと局部で訴えているようで、その分かりやすい反応に顔が熱くなってくる。

「うん、よさそうだな」

「……言わないで。これ、外して……」

腹の上にある手をそっと撫でると、甲野が「楽しみは取っておくか」と恐ろしいことを告げて腰を振り出した。

巨根ともいえる硬くて太い一物が抜き差しされる。世那は彼が動くたびに甘すぎる刺激を感じ、それが途切れなくて常に気持ちいい。

「あん……、んっ、はぁん……っ、あぁっ、あぅ……っ」

甲野はただ律動を刻むだけでなく、ときどき腰を回して蜜路を隅々まで愛撫してはかき混ぜてくる。

種類の違う快感を注がれる世那は、もう喘いでは善《よ》がって、彼を締めつけて震えることしかできない。

「ああ、はぁん、はぁっ、やあぁ……わたし、あぁっ、んあっ、あぁう……っ」

「ナカ、すっげぇ熱い……よく締まるし、気持ちいい……最高……」

うっとりと呟く甲野が、視線を白い乳房へ向ける。まだ一度も触れていないのに、桃色の尖りはツンと勃《た》ち上がって男を誘っている。

彼は引き寄せられるまま、両手で二つの突起を同時につまんだ。

「きゃううっ！」

世那が自分で触れてもなんとも思わない箇所なのに、そこへの愛撫は想像以上の快感だった。男の長い指が乳首を刺激するのを、呆然と見つめながら全身を震わせる。

同時に腹の奥がうねって肉茎を健気に抱き締めた。

「ツァ、すげぇ、気持ちいぃ……」

「やっ、胸、やぁ……ジンジンする……」

「簀巻きで隠されていたからな。たくさん触らせてくれ」

「おっ、男の人って、胸が好きなの……?」

答える前に甲野が乳房に食らいつく。

世那は小さく悲鳴を上げて息を呑んだ。他人が柔肉ごと胸の尖りに吸いつきながら、乳首に生温かい舌を絡ませている。想像以上の衝撃で目が離せない。

「おっぱいが嫌いな男なんていないだろ」

彼が突起をいやらしく舐めながら言い放つので、世那の顔が真っ赤に染まった。手繰り寄せた毛布で顔を隠す。

「顔を簀巻きにするなよ。窒息するぞ」

甲野は笑いながら告げると、再び胸の先端に吸いついた。しかも止めていた腰の動きを再開する。

「あっ、まってっ、そんな……あぁぁ……っ!」

ぱちゅっ、ぱちゅっ、と蜜を飛ばしながら男のたくましい腰が打ちつけられる。子宮口を突き上げられるたびに、重たい快感が腹の奥に溜まっていく。

同時に乳房をしつこいほど揉まれて、痛いぐらい執拗にしゃぶられる。

「やぁんっ、いっしょ、はげしぃ……っ！」

許容量以上の快楽を強制的に注がれ、頭が甘く痺れてくる。

――苦しいのに気持ちよくてたまらない。

熱に浮かされたように、快楽に落ちた女の声を漏らし、毛布をかきむしる。

もう交じり合うところはびしょびしょだ。互いに局部をべったりと濡らし、汗ばんだ肌をこすり合わせる。

だんだんと抽挿が速く強くなっていく。甲野が赤く腫《は》れた乳首を解放すると、毛布を奪って世那にしがみついた。

「ハッ、ヤバい……ッ！」

ガツガツと激しく腰を振り、容赦なく最奥を突き上げて貪る。

世那もまた男の激情をすべて受け止め、快楽に煽られて啼きながら男根を締め上げた。

「ああっ、はぁんっ！　あっ、あっ！　んあぁ……っ！」

自分の声がどんどん甲高くなり、意識が朦朧として視野が濁る。何かが高潮みたいにせり上がってくるから恐ろしいのに、肉棒で串刺しにされて甲野にしがみつかれて逃げられない。

もうすぐ感情の波に飲み込まれてしまう――

「あっ！　んあぁぁ……っ！」

世那の視野が光で埋め尽くされる。自分の悲鳴も聞こえなくなり、息ができないほどの激情に搦め捕られて意識が弾け飛んだ。

目が覚めたのは、肌に心地いい繊維の感触があったせいだ。

「ん……」

「──あ、目が覚めたか？」

ぼうっと霞《かすみ》がかかった頭を動かすと、バスローブを着た甲野がベッドに近づいてくる。どうやら風呂に入っていたらしく、髪の毛をタオルでガシガシと拭いていた。

「水、飲むか？」

「のむ……」

そう答えたものの、疲労感で体が重く、起き上がる気になれない。

すると甲野が背中を支えて上半身を起こしてくれる。ヘッドボードに枕やクッションを重ねて、世那がもたれやすいように整えてくれた。

このとき、自分がワンピースタイプのパジャマを着ていることに気づいた。彼が着せてくれたのだろう。

やっぱりマメな人だわ……。と感心しつつ、ヘッドボードに背中を預けて冷たい水を飲む。

「疲れただろ。夕飯まで寝ていてもいいし、甘いものが食べたかったらアフタヌーンティーを頼めるぞ」

「あ……食べたい……」

「了解。ちょっと待ってろ」

上機嫌の甲野が客室用タブレットで注文してくれた。その後もかいがいしく世話をしてくれる。

家族も含めて異性にこれほど甘やかされたことはない。

世那は彼がそばにいる間、絶え間なくドキドキして落ち着かなかった。

第四話　思い出のなかの彼女

甲野各務《かがみ》が祖母の墓参りのため、幼い頃を過ごした地方を訪れたのは、ちょうど十年ぶりのことだった。

祖母にはとても可愛がってもらったうえ、幼少期は両親に代わって育ててもらった。それなのに亡くなってからずっと墓参りをしなかったのは、義母に遠慮したせいだ。

祖母は各務にとって実母の母親になる。子どもながらに義母が、夫の前妻や継子の自分に複雑な気持ちを抱いていると察していたから、実母を連想する祖母の墓参りを言い出せなかった。

しかし大学進学を機に家を出て一人暮らしを始めたため、頑張って家族ごっこをする必要もなくなった。

それで今までの不義理を詫びるつもりで墓参りを決めたのだ。

大学が夏季休業に入った直後に月命日があるので、うっとうしい女たちの誘いや、そういった女に頼まれた友人の誘いも全部断って地方へ向かった。

山の中にある菩提寺《ぼだいじ》へ行くと、驚いたことに祖母が眠る西尾《にしお》家の墓に先客がいた。

『お兄ちゃん、もっときちんと洗ってあげて。おばあちゃんが暑そうじゃない』

『死んだ人間がそんなこと思うかよ』

『もぉ、手伝わないなら帰ってよ』

『分かった分かった、ちゃんとやるって』

どうやら兄妹らしい二人組が、西尾家の墓石をゴシゴシと洗っている。こちらに背を向けているから顔が見えないが、まだ若い男女だ。妹の方などセーラー服を着ている。

——誰だ、こいつら？

祖母の親族は自分と実母だけだ。

実母の知人かと思ったが、母親は家族の反対を押し切って結婚したうえ、ほんの数年で離婚したことで郷里には一度も帰っていないと聞く。

さて、どうしよう。と各務は木の陰に隠れて二人組を観察する。声をかけるべきなのだろうが、片方が少女なのでためらった。

自分は顔の造作が整っているせいで、昔から女に付きまとわれて嫌な思いをしてきた。成長すると顔のよさに加えて、甲野ホテルホールディングスの社長子息という肩書で、さらに女が寄ってきた。

常識的な女の子たちなら、会話を楽しんだり勉強を一緒にすることもできるのに、寄りついてくる女たちは非常識な人間ばかりだ。

目が合っただけで悲鳴を上げて喜び、偶然を装って触れてははしゃいでいる。まるでアイドルあつかいだから気分が悪い。

そのためセーラー服を着ている少女に警戒して、二人が去るのを待っていた。

『おーい、世那ぁ。脚に泥がついてるぞ』

――せな。

懐かしくて忘れがたい名前に、各務は慌てて少女を見つめる。ちらりと見えた横顔は確かに幼馴染の面影があった。

――世那ちゃん。

最後に会ったのは彼女が小学一年生のとき。その頃の彼女の容貌が色濃く残っていたため、成長した本人を見て息を呑むほど驚いた。

まだほんの少しあどけなさが残った顔は可愛くて、十代の瑞々しい透明感で輝いている。しかも少女から大人の女性へと変わる過渡期の、曖昧で危うい魅力がほろほろと零れていた。

なぜか目が離せない。瞬きも忘れてガン見してしまう。

世那は美人というわけではないが、視線を惹きつけてやまない不思議な吸引力がある。もしかしたら幼い頃のボーイッシュな彼女を知っているから、現在の女性らしい姿とのギャップにときめいているのかもしれなかった。

特に脚の形が綺麗で目を奪われる。……あんなにスカートを短くしていいのかと、もうちょっと脚を隠した方がいいんじゃないかと、舐めるように凝視していた。

このとき兄の方——理久が不意に顔を上げて目が合ってしまう。木の陰にいる不審者に眉をひそめたため、各務は反射的に後ずさり、脱兎《だっと》の勢いでその場を離れた。

——いや、なんで俺が逃げるんだよ。ばあちゃんの墓参りに来たんだぞ。

そう焦りながらも、今になって引き返すには気まずすぎる。十年ぶりに会った友人に、何を語りかけたらいいか分からないのもあって。

仕方なく駐車場の車の中で時間を潰し、二人が帰ったと思われる頃に墓地へ戻った。

綺麗に磨かれた墓石に仏花を供えて手を合わせ、十年も訪れなかったことを心の中で詫びる。すると背後から足音が近づいてきた。

『おいっ、覗き野郎！』

驚いて振り向くと理久が仁王立ちしている。世那の姿がないため思わずきょろきょろと見回したら、理久が眦《まなじり》を吊り上げた。

『うちの妹をジロジロ見やがって、ロリコンかよ！　しかも西尾さんの墓になんの用だ！』

『……おまえ、あいかわらずだな』

『あぁん!?』

昔から理久は正義感が強く無鉄砲なところがある。でも家族思いで、妹の世那のことも大事にしていた。

だから自分は、家族の絆を感じさせる理久と世那の兄妹が好きだった。自分にはないものを持つ彼らが、自分をもう一人の兄妹のようにあつかってくれたのが嬉しくて。

『久しぶり。俺のこと覚えてない？』

『あ？　てめぇみたいな顔がいい男なんて知らねーよ』

まあそんなものだろう。十年もたてば子どもの顔は変化するし、記憶は風化する。

『各務だよ。西尾各務』

祖母に引き取られて暮らしていた間は、甲野ではなく西尾の姓を名乗っていた。

理久たち兄妹とは、彼らの名字と自分の名前が同じ「かがみ」なので、それがきっかけで仲良くなったのだ。

ぽかんと大口を開けて理久が呆けている。口を大きく開けすぎて間抜け面《ヅラ》に見えるから、笑ってはいけないと思いながらも各務は笑ってしまう。

理久は口を開けたまま、たっぷり十秒ほどこちらの顔を凝視してから悲鳴を上げた。

『かがみちゃん!?　あの天使で可愛い女の子のかがみちゃんなのかっ!?』

『女の子って言うな！』

『だっておまえ、あの頃はスカート穿《は》いてたじゃん』

『うっ……』

加賀見兄妹との思い出は美しくもあるが、黒歴史でもある。当時の各務は事情があって女の子の格好をしていたから。

あの頃の自分を思い出した各務は頭を抱えた。

『くっそ、思い出したくねぇことまで思い出しただろうが……』

『そうだ！　おまえのこと世那にも教えてやろう！　まだ近くにいるはずだ』

理久がスマートフォンを取り出したので、各務は慌てて止めた。

『待てって！　世那ちゃんには知らせるな！』

『なんで？　あいつはおまえのことを嫁にするって言うぐらい好きだったんだぞ』

『だからだよ！　あの頃の俺は今と違いすぎるし……だいたい女装してたなんてキモいだろうが』

望んでスカートを穿いていたわけではないが、幼少期の自分は目がくりっとした女顔だったので、髪を伸ばして女児服を着れば女の子にしか見えなかった。

もちろん仲良くなった加賀見兄妹には、早いうちに自分が男だと告げていた。

それというのも世那が、『かがみちゃんと一緒にお風呂に入る！』と言い出したので、早熟な各務は女子と風呂には入れないと拒否し、その際に真実を告げたのだ。

世那は驚いていたが、『かがみちゃんが男の子なら、世那がお嫁にもらってあげる！』となぜか宣言されてしまった……婿じゃなかった……

まあ子どもの言うことだから、それはともかく。

『俺のことは世那ちゃんに言わないでくれ。今の俺を見てガッカリさせたくない』

『俺はいいのかよ』

『おまえに気を使う必要がどこにある』

『あぁ、美しい思い出が崩れていく……こんな薄情野郎だったなんて……』

両手で顔を覆った理久が泣き真似をしている。こいつに嘆かれても痛くもかゆくもない。ただ、世那は……自分にとって大切な幼馴染で、大事な思い出そのものだ。心のもっとも柔らかいところに住む、いわば聖域で守っているような子。

理久みたいに外見や本性を嘆かれたら、ショックで立ち直れない。

理久は各務に再会したことを妹に黙っていると約束してくれたが、そのかわり連絡先を交換しろと言うから、拒否できなかった。

◇　◇　◇

各務の両親は、大恋愛の末に周囲の反対を押し切って結婚した。それなのにわずか三年で破局していた。

父親は、急成長した甲野ホテルホールディングスの二代目として、仕事に忙殺される日々を送り、しかもプレッシャーに押し潰されそうになって、家庭を顧《かえり》みる余裕がなかった。

それに不満を抱いた母親は、他の男に癒しを求めて家を出ていった。

父親は怒り狂ったものの、我が子が生まれても成長を思い出せないほど、家庭を無視していたことを反省した。

その後、父親は周囲の勧めで再婚したが、同じ轍《てつ》を踏まないよう、後妻に寂しい思いをさせないよう、大切にしていた。

しかし大切にしたのは妻のみである。一人息子が寂しそうにしていることなど、まったく気づかなかった。

父親は子どものあつかい方が分からない。子育ては妻かシッターに任せておくものと、自分の経験から思い込んでいた。

それもあって、妻を大事にすれば家庭はうまくいくと本気で信じていた。

だが義母は結婚後、すぐに妊娠したため腹の子に夢中で、継子のことはシッターに任せて関わろうとしない。

各務は新しい家庭に馴染めず、やがて心因性の脱毛症になってしまう。しかもシッターが各務の脱毛に気づきながらも報告をおこたり、しばらくすると彼の頭髪のほとんどが抜け落ちていた。

そこで父親はようやく、息子の状況がまずいことを悟った。

彼は、息子が新しい家庭に馴染めないなら、祖父母に可愛がられたら元気になるのでは、と安直に考えた。そして療養と称し、自分の両親のもとへ送った。

けれど彼らは孫に優しくなかった。孫の実母が気に入らなくて。

自分たちが選んだ女性ではないうえ、不倫をして子どもを置いていく最低な人間と嫌悪していた。

各務は症状がよくなるどころか、言葉を発しなくなり幼稚園にも通えず、さすがに父親も息子の環境がさらに悪くなったことを理解した。

それでも自分が息子と関わるのではなく、またもや誰かに任せようと、なんと別れた妻に事情を話して協力を求めた。

母親はすでに再婚しており、息子は引き取れないと主張した。とはいえ捨て置くことは良心が痛むので、話し合いの結果、各務は母方の祖母がいる地方へ療養に出されることになった。

祖母が暮らす西尾家は、山裾に建つ広い家だった。亡くなった祖父が大手企業で出世してそこそこの財産を築いたとのことで、祖母は家政婦を雇って悠々自適な生活を送っていた。

しかし実母は気づいていなかったが、祖母は認知症の症状が出ていたのだ。女児のように可愛い孫を見て、男児ではなく本気で女の子だと思い込んでしまった。脱毛が目立たないよう女児用の帽子をかぶせ、女児服を着せて『じゅんこちゃん』と娘の名前で呼ぶ。

各務はその状況にまったく抵抗しなかった。祖母が病気であることは、幼いながらも知能が高い彼は理解していた。そして賢いからこそ、もうここ以外に行き場はないと悟っていた。

どこに行っても自分の居場所はない。父親は息子を見ないし、義母は継子に興味はない。祖父母は孫として認めようとしない。

だから可愛がってくれる母方の祖母の方がマシなのだ。祖母は各務が言葉を話さなくても、怒り出すことはないので助かっていた。

もう心の底から疲れているのもあって、この古くて広い家で朽ちていくのだろうと、わずか五歳で人生を達観していた。

彼が誰にも何も期待せず、そのかわり穏やかな暮らしを手に入れた頃、とある兄妹と出会った。

祖母と共に庭の畑の手入れをしていたとき、玄関から子ども特有の高い声が響いた。

『こんにちはー、おばあちゃーん』

耳が遠い祖母は聞こえなかったようで、各務が玄関へと向かう。そこには自分と同じぐらいの歳の男の子と、それよりまだ小さい女の子が手をつないで立っていた。

今日は家政婦の加賀見が休みの日だが、差し入れを持っていくと昨日告げていた。

こちらを見てぽかんとしている男の子が紙袋を持っているから、この子たちが加賀見のおつかいかもしれない。

そう思ったとき、女の子が小走りに近づいて顔を覗き込んできた。

『おひめさまだぁ！』

キラキラとした瞳で頬を染めて、その子が見つめてくる。

このときの各務は白いワンピースを着て麦わら帽子をかぶっていた。これがお姫様の格好なのかと疑問に思いつつも、女の子の純粋な目が眩しくて照れくさくて、なんとなくその子の頭を撫でておいた。

女の子は満面の笑みを浮かべると、小さな手でこちらの手を握ってきた。

それは祖母の冷えてかさついた皺だらけの手と異なる、柔らかくてとても温かい手。

各務にとって初めてともいえる、人のぬくもりだった。


当時、加賀見酒造は兄妹の祖父が社長で、彼らの父親はごく普通のサラリーマンだった。

母親は家事代行企業に勤めていたが、西尾家に派遣された際に祖母に気に入られ、会社を辞めて西尾家と個人契約を交わし、専属の家政婦になっていた。

一人暮らしの祖母は小さな子どもが遊びに来ると喜ぶため、加賀見はたまに子どもたちを西尾家に連れてきた。

幼い兄妹は人形のように綺麗な各務に夢中で、各務もまた初めての友だちが嬉しくて、交流を続けるうちに言葉を取り戻した。

加賀見兄妹との出会いがあったからこそ、自分はまともな人間に戻れたと思っている。

しかし小学校に上がる頃、父親が迎えに来て東京へ戻ることになった。

各務は帰りたくなかったが、子どもの自分が泣いて嫌がっても、ここに残りたい願いは叶わないと理解していた。

なので取引を持ちかけた。

『皆さんの都合がいい子どもになりますから、学校の長期休暇には西尾家で暮らさせてください』

父親は度肝を抜かれたが、息子が〝普通の子ども〟になって家庭が落ち着くならと頷いた。

父親の許しを得た各務は、夏休みや冬休みや春休みのたびに西尾家を訪れた。小学三年生のときに祖母が亡くなるまで、正月さえも東京に戻らなかった。

ただ、各務が成長するにつれて、父親も義母もとびぬけて優秀な彼へ関心を持つようになり、西尾家で長期滞在することを渋り始めた。

だから祖母が亡くなって住処《すみか》が売却されたことを理由に、各務は思い出の地へ行けなくなってしまう。

父親は加賀見兄妹と連絡を取ることも嫌がり、やがてあの土地の人間と関わるなと禁じられた。

まだ幼い子どもには、庇護者を振り切って遠くの地へ行く資金力はなく、安全も確保できない。

そして各務は諦めることを知っていたため、今度も静かに親の指示を受け入れた。

自分がなんの力もない子どもであることを、嫌というほど理解していたから。

でもずっと二人のことを覚えていた。

兄妹はやがて幼い頃の記憶は薄れるだろうが、自分は決して忘れない。初めて触れた人のぬくもりや、誰かに大切にされるという喜びを。

打算なく接してくれる友人や、見返りを求めない親愛がどれほど得がたいものかを、永遠に忘れることはないと己の心が知っている。

◇　◇　◇

墓地で十年ぶりに理久と再会した後、彼とはメッセージで近況を教え合う仲になった。住む場所が遠く離れているのでめったに会わないが、彼とは不思議なほど馬が合った。

ただ、世那に自分のことを秘密にしてほしいと頼み続けている。

彼女を思い出すたびに、腹に形容しがたい熱が湧き上がるのを感じるから、それはいけないことじゃないかと思うのだ。

聖域にいる大切な子を穢《けが》すようで。

再会から二年後。世那が短大に進学した直後、理久からメッセージが届いた。

『世那に彼氏ができたぞ！　俺よりイケメンで喜んでいいのか分からん！』

その言葉で各務は、己の足元に穴が開いて奈落の底へ落ちていくような気分になった。こんな感情は初めてだ。

――なんで俺、こんなにショックを受けてるんだ？

自分にとって宝物のような世那が、見知らぬ男と付き合うと考えるだけで、近くにあるものを壊したい衝動がこみ上げてくる。

それから数日は挙動不審が続き、やがて現実逃避することにした。

――卒業後は海外に出よう。日本にいて理久と連絡を取っていたら、世那ちゃんとバッタリ会いそうで怖い。それに『かがみちゃん』だった昔の俺と今の俺を比べられたくない。

何より、世那のことを考えると心が疼いて落ち着かないのだ。そういうときに限って、セーラー服姿の彼女を思い出す。

あのとき、少女の世那を見て顔が熱くなるほど胸がときめいた。夏の光に溶けてしまいそうな儚《はかな》さがあるのに、眼差しを逸らせない鮮烈な気配もあって、その矛盾に目が離せなくて。

あの姿を忘れたかった。

――だってセーラー服の少女を好きになったかもしれないってことだろ。俺はロリコンじゃねぇって。絶対に認めない。

甲野ホテルホールディングスの海外ホテルの運営に携《たずさ》わり、仕事に打ち込むことにした。忙しくしている間は、遠い日本にいる、もう十年以上も話したことさえない幼馴染を忘れられる。

ただ、女性と付き合うたびに世那を思い出すから困った。恋人へのプレゼントを選んでいるときなど、世那だったらどういうものを喜ぶだろうかと考えてしまう。

そのたびに、自分は大人になった彼女のことなど何も知らないと打ちのめされる。自分から関わることを避けていれば、当たり前なのに。

恋人がいながら頭の中で他の女のことを考えているため、いつも交際は長続きしなかった。そういう不誠実な男の態度など、女はよく気がつく。

……さすがにこの状態で何年かたてば、自分の気持ちを認めねばならないと悟っていた。けれど認めたくなかった。

今の彼女は社会に出て一人前の大人として生きているが、自分が好きになったのはセーラー服の少女で、今でも思い出すのはそのときの姿。

己はロリコンなのかと、胃が痛くなるほど悩んだ。

――いや待て。大人になった彼女を見たらこの気持ちも冷めるんじゃないか？

それはそれで、自分が少女好きであると認めてしまうことになるから怖い。けれどこのままでは生涯独身のような気がする。

別にどうしても結婚したいわけじゃないが、結婚した方が都合がいいことは知っている。それに父親から、結婚について遠回しに告げられることが増えた。

甲野家の男子は自分しかいない。義母は娘を一人産んだだけなので、父親は息子に跡を継がせたがっていた。

……都合のいいときだけ家族面をしてくるから、反吐《へど》が出る。自分は父親と義母、異母妹《いもうと》の三人とは家族だと思っていないのに。

ただ大人になれば、若い頃の父親が息子を歯牙にもかけなかったことや、義母が実子だけに愛情を注いだことも理解できる。共感はできないが。

それにどうしてもやりたいことはないので、会社を継いでも構わない。親が決めた相手と結婚しても構わない……のだが、もうこの頃になると世那への屈折した想いをどうにかしないと、結婚相手を不幸にすると察していた。

――それに本当にロリコンだったらどうしよう。

そんな悩みを抱えて行き詰まっていたら、三十歳になったとき、日本への帰国命令が出た。

踏ん切りをつけるのなら早い方がいいと、恥を忍んで理久に相談した。世那のことを好きなのか確かめたいから、彼女に会わせてくれと。

するとビデオ通話がかかってきた。久しぶりに見る幼馴染は、しかめっ面をしていた。

『好きなのか確かめたいって、そんなことを言ってる時点で世那のことが好きなんじゃねぇの？』

『……いろいろあるんだよ。とにかく今の世那ちゃんに会って、自分の気持ちを確かめたい』

『なに思春期みたいなこと言ってんの？　馬鹿なの？』

こいつにだけは言われたくないと腹が立ったけれど、頼んでいる側なのでしおらしく頭を下げておいた。

理久は宙を睨んでため息を吐いている。

『会わせてくれって言っても、あいつなら今ちょうど東京にいるぞ。そっちに転職したんだ』

『あー、それなら口実作って会いに行くよ』

するると理久は渋い表情になり、言おうか言うまいかと視線をさ迷わせている。

『……世那は難しいかもしれん』

『難しいって？』

『恋愛だよ。あいつ、まともな恋愛を一度もしたことがないんだ』

『あれ？　短大のときに彼氏がいただろ』

『そいつが一番問題なんだよ』

山岸という元カレは同性愛者で、世那を人として好きになったから、女性としても好きになれると踏んで付き合ったらしい。だが結局、二人は最初から最後まで友人で、今でも交友関係は続いているという。

『それの何が問題なんだ？』

『山岸は卑怯なんだよ。世那を女として見られないなら、友人として付き合うのはいいけど、恋人としてきちんと別れるべきだった。でもそれをしなかったんだよ』

二人は表向き恋人同士として、四年間も交際を続けている。そのため世那の中では山岸が理想のタイプとして固定化しており、他の男への評価が辛口になっているという。なぜなら山岸は中身が女なので、世那にとってかゆいところに手が届く関係になれた。男では察しにくいことも彼女だと察せられる。

そのため世那の中で彼氏とは、〝女友達みたいな男〟になってしまったという。それになり得ない相手は論外になる。

各務は自分の顔が引きつるのを感じた。

『そんな都合がいい男なんていないだろ』

男と女なんて分かり合えない生き物なのに。

『そう、あいつ山岸のせいで恋愛がどういうものか分かんなくなっちまったんだよ。普通の男が山岸と違いすぎて、何かと理由をつけて恋愛から逃げてる。たぶん奴と別れてから誰とも付き合ってないぞ』

それを聞いて各務はちょっとソワソワした。じゃあ彼女は処女なのかと、誰にもその身を触れさせていないのかと、心が弾んで。

直後に反省した。

——俺ってロリコンのうえ処女厨なのか？　マジでキモい……死ねよ……

打ちのめされていたら理久が話を変えた。

『それにホラァ、世那の初恋って女の子の姿をしてた男だろ。恋愛観が絶対おかしくなってるって。たぶん男より女といる方が好きになってるんじゃね？』

女の子の姿をしてた男と言われて、数秒後に自分だと察して照れた。理久が気味悪そうな顔で見てくるが、気にしないでおく。

『まあ、おまえって顔だけはいいから、その顔で迫ったら世那も落ちるんじゃね？』

『顔だけって言うな』

『じゃあ札束でツラを引っぱたいてこい』

こいつは俺のことをなんだと思っているのか、と腹立たしく思った。

『あっ、言い忘れたけど世那は歯科衛生士だから、歯が汚い男はお断りだぞ』

それを聞いて急いで近所の歯科医で歯を診てもらった。

世那が働くデンタルオフィスに行けばいいと思ったが、そこで虫歯でも見つかったら彼女に幻滅されるので……

ちなみに虫歯はなくてホッとした。

帰国しても実家で暮らすつもりはないので、住居を決めるまでホテルに泊まることにした。

一応、実家へ挨拶に行ったら、ちょうど異母妹の雅《みやび》が子どもを連れて遊びに来ており、数年ぶりに顔を見た。

雅は大学生のときに妊娠して学生結婚をしている。相手はプロのピアニストだそうで、彼の弾くピアノに惚れたのが交際のきっかけとか言っていた。興味がないのであまり覚えていない。

ただ、雅が妊娠したときは相当な騒ぎだった。

海外にいる各務へ、義母が通話で泣き言を喚くほどだった。なんでも父親は娘の問題から逃げて、妻に任せっきりで頼りにならないという。

あいかわらずあの父親は、家庭の問題から目を背けてばかりいる。そして義母は継子を家族と思っていないくせに、こういうときだけ素知らぬ顔で縋りついてくる。

うんざりしながらも義母の愚痴を聞いていたから、何が起きたかは把握していた。

両親が娘の結婚に猛反対したため、雅は家出して彼氏のもとに転がり込み、勝手に婚姻届を出してしまったという。

義母は甲野ホテルホールディングスを、娘とその婿に託したいと考えていたらしい。なので当然、雅とピアニストとの結婚は受け入れがたく、今でも娘の夫を認めていない。

だが結婚してしまったので、諦めざるを得ないと思いつつも、本音では早く別れてくれないかなと願っているらしい。

しかし雅の方は、子どもを連れて平然と実家に顔を出してはくつろいでいる。……自分にはできない芸当だ。異母妹の心臓には毛が生えているらしい。

義母も孫娘――結衣のことは複雑に思いながらも可愛いようで、こうして娘が遊びに来ると、文句を言いつつ結衣を構っている。

その結衣に、各務はなぜか懐かれた。

自分の後をちょこちょことついて回り、抱っこをしてやると嬉しそうに笑って抱きついてくる。幼児に無邪気に甘えられると、さすがに突き放すことはできなかった。

『お義兄《にい》さん、結衣がこんなに懐いているの珍しいわ。やっぱり顔がいいって幼児でも分かるのかしら？』

六歳年下の異母妹とは、義母があまり関わらせようとしなかったため、仲は悪くないが良くもない。なので適当に相槌を打って話を聞き流しておいた。

義母に挨拶したらすぐ帰ろうと思っていたのに、結衣が離れないうえ、雅に返そうとしたら泣いてくっついてくるから帰れなかった。つらい。

『ねぇお義兄さん。休みの日にこの子を病院へ連れてってくれない？』

『なんで俺が？』

『お義兄さんなら結衣も大人しくついていく気がするから』

結衣は病院が嫌い……というか消毒液の匂いが苦手らしく、あの匂いを嗅ぐと泣いて喚くらしい。

冗談じゃないと断ろうとした直前、不意にあることを思いついた。

『結衣って歯医者に行く予定はある？』

『あるわよ。でも歯医者だけは無理。虫歯ができちゃって一度連れていったら、もう泣くわ喚くわ暴れるわ……大変だったわ』

まだ治療が全部終わってない、と雅がぼやいている。

『おいおい、虫歯なら早く治さないとまずいだろ』

『そうだけどぉ、本当に大変なのよ。歯医者さんも嫌がるのよね』

だったら虫歯にさせないよう親が努力すべきでは？　と激しく思うのだが、何を言っても糠《ぬか》に釘な気がして口を閉じた。

甘やかされて育った異母妹は、他人依存で運任せなところがある。義母に似て面の皮も厚く、こうして疎遠な異母兄に、大事な娘を平気で預けようとする。

――もし俺が幼女好きの変態だったら危ないだろ。って自分で言って傷ついた……

ロリコン疑惑がある己の心を、自らナイフでメッタ斬りにした気分だ。早く世那に会って真相を確かめないと、自分は一歩も前に進めない。

そういった焦りもあって、姪っ子を病院に連れていく役目を請《う》け負った。

驚いたことに結衣は伯父がそばにいると、頑張って病院に対する恐怖を我慢しようとする。耳鼻科、皮膚科と診察を受けてくれたため、各務は思い切って世那が勤務するデンタルオフィスへ連れていくことにした。

夏の墓地でセーラー服姿の彼女を見てから、十一年ぶりの再会だった。思い返せば十一年もの長い間、自分は彼女を意識し続けていたのだ。

——鬼が出るか蛇《じゃ》が出るか。

緊張で張り裂けそうな心臓を精神力で抑え込み、キッズルームにいるときからすでに泣いている結衣を抱っこして診療個室に入る。

各務は大人になった世那を見て、脈拍が一気に加速して目まいがするほど胸が高鳴った。

彼女は未成熟な少女の面影を削ぎ落とし、魅力的な大人の女性に成長していた。あのとき感じたアンバランスな印象はどこにもなく、凛とした姿に頼りなさは見当たらない。

こちらを見て少し驚いた表情になったが、それは過去を思い出したというより、顔がいいのでビックリしたという感じだ。

それでも挨拶以外はまったくこちらを意識しないから、浮ついた女たちを見慣れている自分にとって、とても好ましかった。

好きな女性なら付きまとわれても嫌悪しないが、良識がある子の方がずっといい。

——俺、ちゃんと大人の世那ちゃんが好きだ。ロリコンじゃなかった！

泣きたいほど喜んで昇天しそうになった。とはいえ、それからずっと袖にされ続けて別の意味で泣きたくなったが。

でも今、ようやく世那を手に入れることができたから、今までの長い懊悩《おうのう》が報われて本当に嬉しかった。

幸せだった。

まだ彼女の心はつかんでいないけれど、いつか必ず振り向かせてみせる。時間がかかってもいい。世那がそばにいてくれるなら、なんでもする。

——君が俺を幸せにしてくれたように、俺が君を幸せにする。

各務は世那と肌を合わせてからというもの、仕事の合間にスマートフォンを取り出しては、隠し撮りした恋人の寝顔を眺めて幸福に胸を高鳴らせた。

第五話　豹変彼氏

世那は甲野と初めて肌を合わせた後、夜はホテルに泊まることになった。甲野いわく、リムジンを東京に返してしまったから、明日の朝しか迎えは来ないとのこと。

こういうホテルなら、最寄り駅まで無料送迎バスが出ているのでは？　と世那は思ったものの、素直に甘えることにした。

甲野が、まだ世那のそばにいたいと強く望んだのもあるし、己の中で心境の変化が起きているからかもしれない。

自分もまた、彼のそばにいたいと。

アフタヌーンティーをいただいた後は二人で森の中を散策して、夕食後はリビングのホームシアターを楽しむことにした。

彼氏と初めてのお泊まりで緊張したものの、甲野は世那の体を案じて二度も手を出すことはなかった。そのかわり夜は長い腕に捕らわれて、抱き枕になった気分で眠りについた。

自分以外のぬくもりと彼の鼓動に包まれたら、眠れないんじゃないかと思った……が、甲野によると部屋の明かりを消したら、数秒ですこんと寝入ったらしい。

自分は結構、図太い性格なのかもしれない。

そして今日。翌朝の月曜日。

いつもより早い時刻に起床し、朝から豪華な食事をいただく。ここは朝食も懐石料理なので、小鉢やお造りなど二十品ぐらい提供された。美味しいうえ朝からすごい。

その後すぐ迎えに来た車で東京へ向かう。

本日のリムジンは前と後ろの空間を分ける仕切りが下ろされ、助手席に座る秘書の木下が甲野にウルトラブックを渡してきた。

どうやら仕事をするらしい。

甲野は東京に着くまで世那との時間を優先したいと渋っていたが、笑顔の木下が『すでに月曜日なので』と取り合わず甲野が折れた。

世那は目的地までの二時間、邪魔にならないよう静かにスマートフォンを見ていたのだが、いつの間にか舟を漕《こ》いでいた……

甲野はプルクラまで送っていくと告げたが、世那は服を替えたいしメイクも直したいので自宅へ送ってもらう。

そしていつも通りの時刻に出勤したのだった。

世那はロッカールームでスクラブに着替える際、自分の脚を見て誰もいない室内を見回してしまう。

両脚にキスマークが散らばっているのだ。簀巻きになったとき、脚にチリチリとした感触があったのはこれが原因なのだろう。

ホテルで森林浴をしようとスーツに着替えたとき、自分の脚を見て悲鳴を上げたものだ。最初、皮膚病かと疑って慌ててしまった。

制服はスカートではなくパンツなので助かったが、こんなものを人に見られたら恥ずかしい。急いで着替えようとしたとき、ロッカールームの扉が開いた。

「おはようございます……」

幽鬼《ゆうき》かと思うような表情の二条が入ってくる。いつもの無駄に明るい様子とは真逆で、先週の世那みたいに隠しきれないクマを作っていた。しかも不機嫌オーラを放って近づきがたい。

このときふと、これほど二条の機嫌が悪いのは、甲野が彼女との連絡を断ったからではないかと思いついた。

「――彼氏ができたんですか?」

いきなり背後から二条に話しかけられ、世那の心臓が跳ね上がった。振り向けばいつの間にか二条が後ろに立っている。

「えっと、何？」

「脚」

「あし？」

「それキスマークでしょ？」

着替えの途中なので脚が剥き出しになっている。慌てて制服のパンツを穿くが、すでに見られており恥ずかしい。

二条は無表情で世那をじぃーっと見つめてきた。

「加賀見さん、恋人がいたんですね」

二条の瞳が暗い。そのうえ視線が粘ついているようで、世那はゾワッとするものを感じて鳥肌が立つ。

剝き出しの腕を撫でたとき、二条がいきなり話を変えた。

「甲野さんと会いましたか？」

息を呑んだ世那は二条を見つめたまま答えられない。こういうとき、笑顔でごまかすことができる演技力は自分に備わっていなかった。しかも二条の探るような視線から目を逸らしてしまう。

彼女はわざとらしいため息を漏らした。

「分かりやすいですねぇ。先週、急に甲野さんのことを聞いてくるから怪しかったけど、こんなに手が早いなんて」

手が早いって、甲野さんのことよね？ 私じゃないわよね？ と世那が動揺で何も言えないでいると、二条は忌々しそうに舌打ちをする。

「加賀見さんが抜け駆けをするような人だとは思いませんでした」

「は……？」

「私が甲野さんを好きなこと知ってましたよね？ 彼と会うなら私も呼んでって言いましたよね？ 抜け駆けはしないって約束しましたよね？ 裏切るなんでひどいです。最低」

世那は唖然として口を開けたり閉めたりと言い返せない。あまりにも驚きすぎて。

「真面目で恋愛に興味がないように見せかけて、裏でこっそり甲野さんに近づくなんて。そういうの性格悪いですよ。嫌われますから」

二条はそう言い捨てて着替えるとロッカールームを出ていった。

世那は放心して言い返せなかったが、だんだんと腹の底から怒りが湧き上がってくる。

――甲野さんから交際を申し込んできたのも抜け駆けになるの？ 二条さんのために断るべきだって言いたいわけ？ 個人情報を盗んだりストーカーまがいのことをするあなたに、性格悪いとか言われたくないわ。

なぜ本人の前で言い返せなかったのか。彼女の言いように驚いたせいだが、思い出すだけでこちらも腹立たしい。

月曜日から気分が悪いとうんざりしつつ、身支度を整えて業務に入った。


その日、診療を終えた世那は精神的にぐったりしていた。

難しい患者が来たとか、幼い子どもが暴れたといったことは、まったくない。それでもストレスが溜まって脚が重い。

使用済み器具の洗浄や消毒液の廃棄など、診療後の仕事をこなしてロッカールームへ向かう。中はスタッフのしゃべり声でざわざわしていたのに、世那が入室した途端、ピタッと静かになった。

ため息をつきたい気分で手早く着替える。

今日のお昼、休憩時間にコンビニで昼食を買って戻ると、スタッフの様子がおかしかった。今のようにおしゃべりが止まって気まずい空気が広がったのだ。

不思議に思って、先輩の歯科衛生士に何があったのか尋ねてみた。

彼女はためらいながらも、『加賀見さんが二条さんの好きな人を体で奪ったって、本当？』と逆に聞いてきた。

世那は手に持っていたサンドイッチを落とすところだった。

慌てて否定したが、その先輩も甲野の容姿にはしゃいでいた一人でもあるため、『甲野さんの方から交際を申し込んだって、ちょっと信じられないんだけど……』と不信感を持たれてしまった。

確かに見た目は釣り合わないかもしれないが、面と向かって言われるとショックだった。それでも体で奪ったなんてひどい言いがかりだ。処女だったから無理とは恥ずかしくて言えないけれど、絶対に違うと主張したら先輩は世那の言い分に頷いてくれた。

しかし二条と仲がいいスタッフは彼女に同情的で、昼休憩が終わる頃には居心地の悪い空気になっていた。

二条は、甲野が高嶺の花だからゆっくりと時間をかけて距離を縮めていたのに、それを知った世那が抜け駆けして寝取ったと泣いていたらしい。

――寝取るってありえないんだけど……もう、こういう女の陰湿なやり方って、どう対処すればいいんだろう。

恋愛と縁がない人生だったうえ、他人の恋愛沙汰に巻き込まれたこともなかったので、嫉妬による嫌がらせはダメージが大きい。

しかもプルクラは、それほど大きい施設ではないから逃げ場がない。人間関係がこじれると、とことん居心地が悪くなって吐きそうだった。

さいわいなことに、二条と業務はかぶっていないので仕事に支障はない。けれど精神的に厳しいため、診療でミスをしないかとさらにメンタルがすり切れた。

「――お先に失礼します」

世那がロッカールームを出ると、背後から再び話し声が聞こえてくる。もうこれだけで精神がゴリゴリ削れてきた。

「――ああ、加賀見ちゃん、ちょっといい？」

院長室のドアが開いて、顔を出した真宮が手招きする。

「はい、なんでしょう？」

「ちょっとだけ残って。すぐに終わるから」

そう告げると部屋に入ってしまう。……このタイミングなら二条のことだろう。自分も彼女について報告することがある。

院長室に入ってドアを閉めると、真宮は疲れた様子でソファに座り込んだ。正面の席を指されたので世那も腰を下ろす。

「今日は院内の空気が悪かったわね。まあ、だいたいのことは佳蓮《かれん》に聞いたけど」

佳蓮とは二条のことだ。世那はちょうどいいとばかりに身を乗り出した。

「そのことについて私もお話があります。今日、二条さんがばら撒いた私に関する話はすべて間違っています」

「うん、そうだろうと思った」

「えっ」

目を丸くすると、真宮は背もたれに体重を預け、天井へため息を吐き出した。

「あの子、昔から気に入った男を追いかけては問題行動を起こすのよ。好意が暴走したって話では済まないレベルで」

男性芸能人との件だけでなく、中学・高校時代もイケメンな同級生の家に押しかけたり、SNSのメッセージを毎日百件近く送ったり、ライバルの女生徒を駅のホームから突き落としたりと、保護者や学校を巻き込むほどのトラブルを起こしていたという。

少し前にはベンチャー企業の若手社長に惚れ込み、彼が利用するバーに通い詰めて強引に親しくなり、飲んでいた酒に睡眠導入剤を入れてホテルへ誘導しようとしたらしい。未遂だったが。

「犯罪じゃないですか！」

「……だからあの子をプルクラに入れたくなかったのよ」

しかし理事長の懇願に負けて受け入れるしかなかったという。そのかわり、『プルクラで問題を起こしたら即座にクビにする』との条件をつけて。

そこで世那は我に返る。

「あの、二条さんはすでに問題を起こしているのですが……」

結衣の個人情報を使って家の周囲をうろつき、警備員に厳重注意されていることを伝えると、真宮は泣きそうな表情になって両手で顔を覆った。

しかしすぐに姿勢を正す。

「それ、甲野さんから聞いたのよね？　加賀見ちゃんは甲野さんと付き合ってるの？」

「はい。でも抜け駆けしたとか、寝取ったとかではありません」

家業を手伝う際に甲野ホテルホールディングスと関わることがあり、それが縁で甲野から交際を申し込まれたと告げた。

それ以前にプルクラで名刺をもらっており、そこに記してあった甲野のプライベート用スマートフォンに、二条が電話しまくったことも伝えておく。

腕組みをした真宮が宙を睨みつけた。しばらくすると世那を見て首を左右に振る。

「あの男はやめた方がいいわよ」

「あの男？」

「甲野さんのこと。彼って妹の大学時代の後輩になるの。あれだけ顔がいいうえに大手企業の御曹司だから、それはもう怖いぐらいモテて有名だったの。妹も一時期夢中だったからよく覚えているわ。——ものすごく女癖が悪いクズだったって」

「……それ、本当ですか？」

「嘘を言っても私になんの得もないわよ」

それはそうだけど、いきなり恋人の悪行を吹き込まれて混乱してしまう。

「いろんな女と並行して付き合うクズだから、あなたも大勢のうちの一人だと思うわ。でも加賀見ちゃんはそういう割り切ったことできないでしょ？　傷が浅いうちに別れた方がいいわ」

「…………」

「ああいう男って、まだ佳蓮の方がお似合いよ。あの子は図太いから、恋人が二股かけていても平気だし」

ショックで放心していた世那だったが、ここで話がずれていることに気がついた。

「真宮先生、甲野さんの過去よりも現在起きていることの方が重要です。もし二条さんの件が外部に漏れたら大きな問題になります」

「脅すつもり？」

「違います。問題が大きくなる前に対処しないと——」

「佳蓮のことはあなたが黙っていれば済むことよ」

絶句した。プルクラを大事にする真宮の言葉とは思えなくて。

「先生……」

「それにああいうセレブと付き合ったら、価値観がおかしくなっちゃうわよ」

ドキッと心臓が嫌な感じで動いた。

山岸に甲野のことを相談した際、自分は彼と価値観が違うことに不安を抱いていると、心情を吐露した。今でも甲野と会うたびに住む世界が違うことを実感して、言葉にしづらいモヤモヤした気持ちを抱くこともある。

「富裕層ってね、使うお金の額が本当に桁違いなの。それに合わせてると贅沢に慣れて金銭感覚が狂うのよ。普通に働くことが馬鹿らしくなってくるわよ。元の生活には戻れなくなるから、甲野さんと別れた後が大変よ」

別れる前提で付き合ってるわけじゃない、との言葉が喉元まで出かけたが、すんでのところで飲み込んだ。

未来は誰にも分からない。甲野は告白したときに世那との結婚も望んだが、それが心変わりをしないという証《あかし》にはならないのだ。

悲しいことに地元の友人の中には、離婚してシングルマザーになっている子もいる。

世那が口を閉ざしてうつむくと、真宮が立ち上がった。

「話はこれだけよ。甲野さんはやめておきなさい。あなたが不幸になるだけだわ」

お疲れ様、と言い捨てて院長室を出ていく。

しばらくの間、世那は動くことができなかった。やがて廊下からスタッフたちの弾んだ声が聞こえてきてハッとする。

――帰らなくちゃ……

ヨロヨロと院長室を出て、誰もいなくなった廊下を歩く。プルクラを出て駅へ向かいながらも、先ほどのことが頭から離れなかった。

——まさか先生が二条さんの件をうやむやにするなんて。

二条を疎ましく感じている様子だったのに、なぜ庇うのか。しかも……

——甲野さんの昔のこと、なんでわざわざ言うの？

彼の過去は自分と関係ない。昔は遊び人でも、今、自分だけを見てくれる誠実さがあればいい。本心からそう思っている。

それに彼と過ごした時間はまだ少ないが、甲野という男は、まっすぐに恋人だけを見つめる人だとの予感があった。

——でもあんなことを言われたら、どうしても不安になってくる。

恋愛経験がない自分は、大勢の女の一人になっても気づけない自覚があった。

知らないうちに女たらしに遊ばれていたら怖い。

いや、甲野は立場上かなり忙しくしている。今朝など東京までの車中で仕事をしていたぐらいだ。複数の女性と関係を持ち、とっかえひっかえ遊ぶような時間を作るのは難しいのではないか。

そう思いつつも、『別れた後が大変よ』なんて己の不安を煽られて胸が苦しい。

ネガティブな心情になると、彼のそばで初めて経験したことが脳裏を駆け巡る。広いリムジンに運転手つきで乗ったことや、リゾートホテルで過ごした優雅な時間を。

あれらは確かに自分の力で得たものではない。けれど身の丈に合わないことだと理解している。わきまえている。

院長に言われたことは、自分が彼を信じていれば気にすることではない。

……ただ、精神的に疲労しているのもあって気持ちは晴れなかった。

聞かなければよかったとへこむ世那は、歩きながら目尻をそっと指先で拭った。

◇　◇　◇

甲野とのことに不安を抱えながら過ごした週の金曜日。加賀見酒造と甲野ホテルホールディングスの間で、基本合意書が締結されることになった。

これは売り手と買い手が、譲渡企業の役員・従業員の処遇や、譲渡価格の概算など、双方が合意した基本的な条件について定めた契約書になる。

独占交渉権も盛り込まれているので、これ以降、加賀見酒造は甲野ホテルホールディングス以外の企業と、M&Aの交渉ができなくなった。まあ、するつもりもないが。

ただその当日、世那はプルクラでの仕事があるため欠席だ。もう本当に自分は取締役として必要ないな、と思った。

◇　◇　◇

翌日の土曜日。午前の診療を終えて休憩に入ったとき、甲野からメッセージが届いた。

『診療が終わる頃、プルクラに迎えに行くよ。わざわざ駅まで歩かなくていいから』

——いやいやいや、ちょっと待って！　困るから！

甲野から土曜の夜に会いたいと誘われていたため、迎えに来てくれるならプルクラから離れたところで、と伝えてあった。

プルクラまで来られるのは、さすがにまずい。二条の前で甲野と出かける度胸はない。それにプルクラのスタッフにも、甲野と会う瞬間を見られたくない。世那に敵意を向けるスタッフは全体の半数ほどいるのだ。これ以上、敵対視されたくない。

——それにあれから真宮先生も、なんか訴えるような眼差しを向けてくるのよね。プレッシャーをかけないでほしい。

恋愛事で、ここまで職場の雰囲気が悪くなるとは思わなかった。職場では仕事のことだけを考えたいのに。

——歯科衛生士の離職率が高い理由が分かったわ。女だらけの狭い職場で人間関係が悪化すると、ストレスがすごくてつらいもの。転職先は山のようにあるから、簡単に辞めちゃうんだろうなぁ。

ただ、世那だっていわれのない陰口で爪弾きにされたまま、黙って耐え忍び働くような人間ではない。

先輩衛生士を含む、噂話にそれほど興味がない人へ、自分から甲野に近づいたわけではないことや、二条が一方的に世那を悪く言っていることを根気よく説明した。

特に二条は、甲野が独身であると知っていながら隠していたのもあって、何人かは彼女の嫉妬から来る攻撃だと信じてくれた。

そういった人たちは、二条が芸能人相手にトラブルを起こしたことを知っている。なので彼女の二枚舌に気づくのは早かった。

『甲野さんはイケメンだからね。若い子だと加賀見ちゃんをやっかんで、悪口を信じちゃうんでしょうね。……そういう私もちょっと信じちゃったわ。ごめんね』

そう言ってもらえて、世那はやっと呼吸ができた気分だった。今週は本当にきつかったので。

二条と歳の近い若手スタッフからは、いまだに睨まれている。でも四面楚歌ではなくなったため、そちらは放っておくことにした。

それでも初めて遭遇した女の陰湿な嫌がらせに、知らず知らずのうちに心は疲弊していたのかもしれない。

夜、仕事が終わって駅へ向かう途中、世那はいつもの帰り道から逸れて大きな公園の駐車場へ向かった。そこで甲野と待ち合わせをしている。

彼が結衣を連れてプルクラに来るときは、いつも赤いフェラーリに乗っているので、今夜も自然とその車を探したが見当たらない。

道が混んで遅れているのかな、と街路灯のそばで足を止めたとき、少し離れた位置に停まっている車のヘッドライトが点灯した。黒みがかった青色の、流線型のデザインが美しいスポーツカーで、運転席から甲野が降り立った。

「世那、お疲れ様」

スーツではなく、濃紺のデニムに淡いグレーのカットソーという軽装だ。いつもより脚の長さが際立って、すごくスタイルがいい。仕事中は固めている前髪を下ろしているせいか、親しみやすさが出て頼りたくなる。

甲野は眩しいほどの笑顔で近づいてくると、恋人を優しく抱き締めた。その温かさといたわりに世那はとても安心して……目から滝のような涙があふれ出た。

「えええぇっ！」

すっとんきょうな声を上げた甲野が硬直する。

それもそのはず、世那は男の気を引くような可愛い泣き方ではなく、放心した表情で、ドバァーッと涙を流しているのだ。

「どうしたっ⁉　いったい何が……俺のせいか⁉　それとも仕事で何かあったのか⁉　あ

っ、M&Aについてか⁉　基本合意は問題なく済んだぞ！」

猛烈に慌てる甲野が、世那の顔を覗き込んでハンカチで涙を拭きつつ、何度も背中を撫でてくれる。

彼が心の底から自分を心配していると分かるから、弱った心が徐々に熱くなってきた。誰かが己を案じてくれること自体が幸福で。

今週はずっと不安で心細かったけれど、憂鬱《ゆううつ》が炙られて灰になって消えていく。

思わず彼のたくましい体に縋りついた。

ビクッと肉体を震わせた甲野だったが、すぐに世那を抱き締め返して頭部も撫でてくれる。

「よしよし、なんかあったんだな。話したくなったら話してくれ」

「……うん、ありがと」

俺が話を聞くとか、強引にしゃべらせようとしない心遣いがとてもありがたい。醜い女の揉め事なんて彼に聞かせたくなかったが、逆に聞いてほしいと甘えたくなる。

しかしこのとき、もっとも聞きたくない声が後ろから放たれた。

「あーっ！　甲野さんだぁ！」

ギョッとして振り向けば、二条が両手の指を胸の前で組み、瞳をウルウルさせて甲野を見つめている。

——え、なんで二条さんがここに？

プルクラの近くに理事長の自宅があるので、彼女は駅とは反対方向へ歩いて帰っている。

——まさか私のあとをつけてきたの？　甲野さんと会うとは誰にも言わなかったのに。

駅に行く途中かもと思ったが、この駐車場は駅への道から外れている。そのことを思い出してゾッとした。

「やだぁ、こんなところで会えるなんて嬉しい！　どーしよぉー！」

二条が小走りに駆け寄り、なんと甲野の腕に抱きついて乳房を押しつけている。

「これは運命ですね！　今から飲みに行きましょう！　近くに素敵なお店が——」

「黙れストーカークソ女」

氷点下よりも低い怒りの声が、二条のおしゃべりをさえぎった。

自分を慰めてくれた男の声とはかけ離れているから、世那は視線を二条から甲野へ向ける。

彼は汚物を見るような軽蔑の眼差しを二条へ向けていた。

「おまえに用はないんだよ。その汚い手を離して二度と俺に触るな。声をかけるな。存在そのものが目障りだ」

——そっ、そんなふうに言ったら、泣いちゃうのでは……

世那が不安に思ってしまうほど、彼の豹変ぶりがすごかった。M＆Aで会うときも穏やかな彼しか見たことがなかったので、二重人格なのかと疑ってしまうほどだ。

チラッと二条を盗み見れば、甲野の腕を抱き締めたまま蒼白な顔で固まっている。

彼女が腕を離さないため、甲野はやや強引に二条の肩を押して腕を引き抜き、世那の腰を抱き寄せたまま数歩後退する。

距離を空けてから先ほどより落ち着いた声を出した。

「二条さん、きついことを言ってすまない。でも俺はあなたのような、人の気持ちを無視して付きまとう女が死ぬほど嫌いだ。こうして触れられるだけで気持ち悪い。何度も言うけどもう二度と、永遠に俺に近づかないでくれ」

そう言い捨てて、世那を抱き寄せつつ車へと歩き出す。

世那は一瞬、二条を置いていっていいのかと思ったが、ここで彼女の味方をする義理はないことに思い至り、素直に彼の車に乗り込んだ。

駐車場を出るときに二条へ視線を向けると、街路灯の下で微動だにしない彼女は憤怒の表情になっている。鬼の形相と表現してもおかしくない顔で、世那は全身に鳥肌が立つのを感じた。

腕をさすっていたら急に車が路肩に停まった。甲野はハザードランプを点灯させると、ステアリングにもたれてうなだれている。

「すまん」

先ほどの厳しい声とは打って変わって、子どもが親に叱られたときみたいな、しょぼんとした声だった。

「どうしたの？」

「……嫌な奴だっただろ、俺」

「嫌な奴とは思わなかったけど、驚いたわ」

うん、と頷いた甲野は、しばらくすると体を起こして座席に背中を預ける。

「俺さ、ああいう女に付きまといされるのって、本当に多いんだ」

山の中のホテルで食事をしたときも、そんなことを言っていた。確かにこれほどの美形なら、夢中になりすぎて常識外の行動をする女性も出てきただろう。今しがた二条の奇行を目撃したので、説得力がありすぎる。

「イケメンすぎるのも大変なのね」

しみじみと呟いたら、甲野は力なく笑っている。

「……ああいう女って諭《さと》すようにやんわり言っても、まったく伝わらないんだ。泣かせてもいいと割り切って強く言わないと、いつまでも迷惑行為が続いて俺が精神的に参ってくる」

なるほど、それであのような言動になったのかと納得する。

そういえば以前、彼はこうも言っていた。自身の言葉が乱暴だと結構言われるから、世那を怯えさせたくないと。

つまり乱暴な言葉を使っているところを、恋人に見せたくなかったのに見せてしまい落ち込んでいるのだ。幻滅されたのではと恐れて。

好きな女性に嫌われたくないとの思いに、世那は胸がきゅんとする。甲野がとてもいじらしい。

――この人が大勢の女性と並行して付き合うクズだなんて、やっぱり信じられない。

もしかしたら昔はそうだったのかもしれないが、今は違うと確信が持てる。

思わず両手で彼の手をそっと握った。

「驚いたけど、ハッキリ言ってくれて助かったわ。私も二条さんに嫌がらせをされていたから」

「なっ、嫌がらせってどういうことだ!?」

世那は、二条から噂話をばら撒かれたことや、それによる居心地の悪さを白状する。

甲野は眦を吊り上げて怒りを見せた。

「あの女《アマ》ァ……陰険なことしやがって」

「でも甲野さんがあれだけ言ってくれたから、二条さんも諦めるんじゃないかしら」

「……そうだといいけど」

甲野は渋い表情で宙を睨んでいる。だがすぐにハザードランプを消して車を発進させた。

「どこ行くの？」

「俺の部屋」

「えっ」

「どこか食事に行こうと思ってたけど、地雷女のせいでそんな気分じゃないし、世那も疲れてるようだからゆっくりしてもらおうと思って」

近所のビストロで美味しい料理をテイクアウトできるので、甲野は自分が夕食を用意すると告げた。

「甲野さんって、ご飯作れるの？」

「テイクアウトだから温めて盛り付けるだけだぞ。まあ時間があれば一から作るけど」

大学生のときからずっと一人暮らしをしていたそうで、家事はそこそこできると告げた。でも最近は忙しくて家事代行を頼んでいるとのこと。

世那はこのとき、自分は彼のことをほとんど知らないのだと気づいた。

——もっと甲野さんのことを知りたい。

恋人なのに、お付き合いしているのに、何も知らないことが切なくて情けなくなる。こんな気持ちを他人へ抱いたのは初めてだ。

不思議に思う世那は、チリチリする自分の胸をそっと押さえた。

甲野が向かった先は恵比寿《えびす》だった。

小さなビストロに入ると、入り口のすぐ脇にテイクアウト用の大きなショーケースがあって、フレンチの総菜がずらりと並んでいる。

世那の好きな料理がいくつもあるので喜んでいたら、甲野はテイクアウト用のトレイにキャロットラペとキノコのマリネ、秋鮭のエスカベッシュ、鹿肉のテリーヌを載せていく。

思わずトレイを見つめていたら、甲野がハッとした表情で手を止めた。

「すまん。勝手に選んで」

「ううん、全部私の好きなものだったから、すごい偶然だなって思ったの」

「あー、そうか」

バツが悪そうな顔になる甲野は、視線を逸らして近くにいたスタッフへ声をかける。

「ゴボウのポタージュって、まだある？」

「ありますよー」

スタッフがポタージュの入ったパウチを持ってくる。

世那はキラキラとした瞳で甲野を見上げた。

「私、ゴボウ大好きなの。ポタージュなんて初めてだから楽しみ」

「ああ、うん……」

やはりきまりが悪そうな反応だから不思議だ。その後も甲野は、世那の好きな仔羊肉の煮込みなどを選んでいる。

彼とは食《しょく》の好みが似ているのだと嬉しかった。

店を出て再び車に乗り込めば、五分もしないうちに閑静な住宅街に入る。やがて有名ホテルのそばに建つ、緑が豊かな五階建ての低層マンションの地階へ車が進んだ。

広い駐車場に停まると、世那はちょっと尻込みしてしまう。何しろ超高級車しか並んでいないのだ。国産車だとレクサスしか見当たらない。

――そりゃそうよね。この辺りで暮らせる人なんてセレブだろうし。

東京で暮らし始めて一年ほどの田舎者だが、ここの地価がとんでもなく高いのはさすがに知っている。改めて恋人とは住む世界が違うのだと、ひしひしと感じてしまった。

しかし甲野は世那の気後れに気づかないのか、彼女の腰を抱き寄せてエレベーターへ向かう。

諦めて甲野に連行されると、照明で大理石の床が光る、広くて綺麗なエレベーターホールに入った。驚いたのはエレベーターの中に、行き先の階数を表示する押しボタンがどこにもないことだ。

箱の壁にある液晶パネルに、『一階フロントへはディスプレイをタッチしてください』と文字が表示されているだけ。

「どうやって上に行くの？」

「このマンションはフロントか自分の部屋がある階にしか行けないんだ」

甲野がスマートフォンを取り出してアプリを操作すると、扉が閉まって最上階へ直行する。ここはマンション専用アプリがないと、建物に入れないうえ、エレベーターも起動しないという。

「明日、世那のスマホにも専用アプリを入れよう。それで俺の部屋には入れるから」

このマンションの鍵となるアプリは、フロントでしか設定できないという。つまり合い鍵を渡すと言っているのだ。

「……うん。ありがとう」

頷いた世那だったが、そんな簡単に家の鍵をもらっていいものか戸惑う。でも、それだけこちらを信用している証だと思えば嬉しい。

玄関の鍵もアプリで解錠して中に入る。自分のアパートとはまったく違う、おしゃれで綺麗なエントランスホールを通り抜けると、そこは広大なリビングだった。

「すごい、広い」

自分の部屋が丸ごと入りそうな面積があるリビングには、隅に階段があって上の階へ続いている。山の中のホテルみたいにメゾネットタイプなのかもしれない。

「甲野さん、ここって二階建てなの？」

「いや、この上には専用のテラスがあるんだ。バーベキューとかできるぞ」

「へぇ……」

「ジャグジーを設置することもできるから、世那がここで暮らすなら付けようかな」

「そう……」

もう驚きすぎて思考を放棄した。

「世那、適当に座っててくれ。すぐに用意するから」

甲野はそう告げてキッチンへ移動する。

きょろきょろと部屋を見回す世那は、大きなカウチソファを見てから視線を甲野へ移した。彼は機嫌がよさそうな表情で、テイクアウトした料理を袋から取り出している。

世那はそろそろとキッチンへ向かった。

「あの、何か手伝わせて」

「今日は俺がやるよ。シャワーを浴びてきたら？」

「でも甲野さんにだけやらせるのって、何か違うと思うし」

すると手を止めた甲野が、世那を抱き締めて額に口づけた。

「俺は世那を甘やかしたいんだよ。甘やかされるのが当然って思わせて、俺がいないと生きていけないようにしたい」

「えぇ……それ、どんな堕落人間なのよ」

「いいんだよ。俺に堕落してくれたら俺が喜ぶから」

本心からそう思っていそうな、一点の曇りもない笑顔だった。

「ダラダラする私が好きなの？」

「どんな世那だって好きだよ」

そう言いながら背を屈め、恐ろしいほど整った顔を近づけてくる。

「……俺はね、この部屋に世那がいるってだけで、めちゃくちゃ嬉しいんだ」

言うやいなや、唇が重ねられた。

十一月に入って夜は冷え込むようになったせいか、少し唇が乾いている。かさつきを感じる唇は軽く吸いついて離れていった。

キスがとても優しいから、世那のお疲れ気味だった精神《こころ》が癒やされる。だからもっと触れてほしいと甘えてしまう。

その気持ちが表情に出てしまったのか、無言で見つめ合う甲野が気まずそうに視線を逸らした。

「……そういう顔で見られると我慢できなくなるから、先にシャワーを浴びてて」

そんなことを言っておきながら、世那を抱き締める手は離れない。

だから世那も、彼の背に腕を回して引き寄せる。羞恥を押し殺して己の体をたくましい肉体に押しつけた。

……二条が甲野の腕に抱きついたとき、あからさまに乳房を押しつけていたので、ものすごく嫌だった。自分は彼女のような巨乳ではないから。

——だってこの前、甲野さんは胸が嫌いな男なんていないって言ってたもの。

それに自分は彼女ほど可愛いわけでもないし、彼女みたいに好意を表すことがないから不安を覚える。

彼がよそ見したらどうしようと、心細さに泣きそうになる。もしかしたらこれが独占欲なのかもしれない。

でもこの気持ちは、自分を大切にしてくれる存在を失いたくないだけなのか、好意を源泉とした恋心なのか、情けないことに分からない。

分からないけど、彼を離したくない気持ちは本物だと思っている。

「……もっと」

「えっ、何？　なになにっ？」

世那から抱き締めたせいなのか、甲野がものすごく動揺している。そういえば公園の駐車場でも、世那の方から縋りついたら体を震わせていた。

交際を押し切ったときの強引さを失くしたのだろうか。それとも世那が能動的にふるまうのが思いもよらないのか。

ただ、そんな彼がすごく可愛い。

「……キス、したい……」

さすがに恥ずかしすぎて彼を見て言えなかった。直後、強く抱き締められて勢いよく唇に吸いつかれる。

「んんぅっ」

隙間なく唇が重なり、肉厚な舌が唇の間にもぐり込んでくる。甲野は性急に舌を絡ませ、世那の舌の裏側や根元までまんべんなく嬲ってきた。

激しいけど気持ちいいキスに、世那の鼓動が速くなっていく。ドキドキして息が上がり、頭の芯がぼぅっと痺れてくる。

息苦しいけれど自分から唇を離したくなくて、縦横無尽に蠢く舌に自分の舌でたどたどしく応えた。流れ込んでくる唾液を零さないように飲み下す。

「はぁう……ん……はん……んぁっ、はぁん……」

キスについていこうと必死になるが、甲野の手のひらが体を撫で始めると、呼吸が乱れてついていけない。背後から脚の間に――尻の割れ目にスカート生地ごと指が押し込まれ、ビクンッと震えて唇が離れた。

「はぁっ、はぅ……」

秘部を指の腹で刺激してくるから、腰が痺れて立っていられず彼に縋りつく。

「……甲野さん……」

肩で息をしながら見上げると、目が合った彼はギラついた瞳で睨むように射貫いてくる。

そしてもどかしそうに世那を持ち上げ、横抱きにした。

「うわぁっ！」

人生初のお姫様抱っこだ。世那は浮遊感が怖くて彼の首に縋りつく。

甲野がリビングの奥にあるドアへ足早に向かう。その先はベッドルームだった。

世那は落ちないよう彼に抱きつき、首筋に顔を埋めていたため、そっとベッドに下ろされてようやく周りを見る余裕ができた。

十畳はありそうな広い部屋に、一台の大きなベッドがあるだけの簡素な部屋だ。

そう思ったとき、甲野の両腕がスカートの中に突っ込まれて、室内を観察する余裕なんて吹っ飛んだ。

「わっ、ちょ、甲野さん、食事は――」

「世那っ、腰を浮かせて！」

切羽詰まった声と表情を向けてくるから、そんなにも自分を求めて焦っていることが嬉しい。

夕食はどうするかなんて、とりあえず頭の隅に追いやった。

世那が軽く腰を持ち上げた途端、ショーツごとストッキングが下ろされる。冷えた秋の空気が素肌を撫でて、下着を穿いていないことを実感して小さく震える。

興奮している甲野は世那の様子に気づかないのか、それともここで止まれないのか、恋人の膝裏をつかんで限界まで開脚した。

「うきゅうぅっ」

ものすごく変な声が漏れた。たぶん脚を広げられると思って覚悟していたが、やはり猛烈な羞恥がこみ上げて声を止められなかった。

しかも彼が内ももにきつく吸いついて、所有印をまき散らしながら美しい顔を脚の付け根へ近づけていく。

カッと目を見開いた世那が頭を起こした。

「待って！　お風呂に入ってないから駄目！」

慌てて両手で秘所を隠す。が、彼はその指先を甘噛みして引きはがそうとする。

「世那、手をどかして」

「だめだめぇっ！　洗うまで待って！　ねっ、お願いっ、ねっ？」

秋とはいえ日中はそこそこ暖かい。プルクラの業務は立ち仕事でもあるため、汗をかいている。それに綺麗にしてから差し出したいと思うのは、女としておかしくないはず。

縋るような眼差しで甲野を見上げた。

「お願い……甲野さん……」

すんっ、と鼻を啜《すす》って訴えれば、体を起こした彼は歯噛みして前髪をグシャグシャとかき混ぜた。

「ああもうっ、君を怯えさせたくないのに……っ」

焦《じ》れたように吠えると、覆いかぶさって再び口づけてくる。ぶつかるような激しいキスに、世那は局部から手を離して彼を抱き締め、激情を受け止めた。

彼もまたこちらの背中に腕を回して抱き締めてくる。

ぴたりと全身で触れ合いつつ唇を重ね、顔の角度を変えては幾度も隙間なく吸いつく。舌をすり合わせるように絡め合い、淫らで気持ちがいいキスを繰り返した。

やがて甲野も落ち着いてきたのか、だんだんと舌使いから焦燥感が抜けていく。

唇を離したとき、彼の瞳に興奮は残っていても追い詰められた気配はなかった。どうやら性衝動がやわらいだらしい。

それに対して世那は、長い執拗なキスに下腹が疼き、のぼせたような表情になっている。

彼を落ち着かせたいと思っていたのに、自分が昂《たかぶ》ってしまった。まるで彼の劣情を吸い取ったみたいで、脚の付け根に濡れた感覚まである。

もじもじと太ももをすり合わせて性感に耐えるものの、体液があふれそうだ。恥ずかしくて視線を伏せたとき、再び甲野が世那の脚を躊躇なく開き、スカートをめくり上げる。

「う……っ」

「世那、膝を曲げて脚を開いて」

「あっ、脚を開くの、好きなの……?」

「好きだね。世那が自分の脚を持ってくれたらさらに嬉しい」

「えぇぇ……」

泣きそうな頼りない声が出た。

しかし甲野は世那の涙声をスルーして両脚を持ち上げ、膝が乳房につくほど脚を折りたたむ。尻が浮き上がって何も身に着けていない局部が天を向いた。

世那からも自分の股間が丸見えだ。

「うあぁ……っ」

己の卑猥な姿勢など正視できるはずがない。きつく目を閉じるだけでなく、頭の下にある枕を顔に乗せて視界を完全に塞ぐ。

甲野が不満そうな声を漏らした。

「世那が感じてる顔を見たいんだけど……まあ簀巻きよりはマシか」

初体験の恥ずかしい己の姿を思い出して、プルプルとわななないた。

「それ、言わないで……」

「頭突きされたのも簀巻きになったのも、なかなか忘れられないって」

甲野はクックッと喉の奥で楽しそうに笑いながら、世那の両脚をさらに限界まで左右に広げてしまう。

「ヒゥッ」

「ああ、すごいな、もう……」

肉びらも左右に引っ張られるから、くぱぁっと開いた秘唇は蜜が糸を引いていた。世那の発情の印に男の口角が吊り上がる。

ただ、世那からは何も見えないため、彼のセリフに不安を覚えた。

「すごいって、何が……？」

世那が心細げな声で聞いているのに、恍惚の表情でガン見する甲野は答えない。というか意識がすべて熟《う》れた女の入り口に集中しているため、聞いているのに脳が理解できていない状況だ。

彼は無言で、中指を蜜の源泉へ沈める。ぬぷぷっ、と卑猥な粘着音を響かせて愛蜜があふれ出た。

「はぁう……っ」

蜜路に指を受け入れたのはまだ二度目で、世那にかすかな恐怖心を感じさせる。でもたっぷり濡れているから痛みはなかった。それどころか媚肉がこすられる気持ちよさに腰を振ってしまう。

「あん……」

「すげぇ熱い。しかもうねって締めつけてくる……ヤバい、指でこれかよ」

甲野が変質者みたいに、はぁはぁと興奮した声で呟いている。一度は静まったように見えたが、再び劣情に操られている感じだ。この人は性欲に振り回されやすいのかもしれない。

　彼は根元まで沈めた指で、膣襞をいやらしく掘り返している。たった一度のセックスで世那の好《い》い処を把握したのか、的確にそこを突いては刺激してきた。

「あっあっ、あぁん……はぁっ、くふうぅ……っ」

　下腹で感じる疼きが背骨を伝ってうなじをくすぐり、脳天へと広がっていく。胸をかきむしりたいほど気持ちよくて、鼻にかかった甘い声が止まらない。

「ああ、よさそうだな。真っ赤になって可愛い……夢みたいだ、世那ちゃんが大股開いて、俺の指であんあん言ってるなんて……」

「せな、ちゃん……？」

　いきなりちゃん付けで呼ばれて面食らう。しかし彼はあいかわらず聞いておらず、視線はくちゃくちゃと指を咀嚼《そしゃく》する蜜口に釘づけだ。

　しかもこのとき、彼の指先が子宮口のすぐ近くにある泣き処をかすめた。

「ひゃあぁんっ！」

　一《いち》オクターブほど高い悲鳴を上げる世那は　脚が不随意《ふずいい》に震えて虚空を蹴る。

「ここか。いっぱい触ってやるからな」

「やっ、待って違うぅ……っ！」

恐ろしいほどの快感がせり上がってくる。許容量を超える悦楽から逃げようと身をよじるが、両脚を持ち上げられて開脚していては、たいして動けない。自分の爪先が顔の近くで震えるだけで。

甲野が嬉々として指を活発に動かしてくる。ねっとりとした指使いで泣き処をこすりつつ、膣孔全体もまんべんなく刺激する。泡立った蜜がシーツに垂れ落ちて液溜まりを作る。

「あぁんっ、もぉだめぇ……っ」

「イきそう？　俺もヤバい、世那のナカでイきたい……っ」

甲野がもどかしそうに片手でベルトを引き抜き、たどたどしくデニムのジッパーを下ろす。

その間も蜜道を嬲る指を抜かないから、彼が動くたびに指も予測不可能な動きをして、粘膜に甘い刺激を刻んでくる。

世那は啼きながら身悶えた。

「やぁあっ、ゆびっ、ぬいてぇ……！」

「あー、世那の感じてる声可愛い」

興奮しきった甲野は、肩で息をしつつ弱い箇所を執拗にこすって世那を啼かし、それからやっと指を引き抜いた。

「あぁんっ」

たったそれだけでゾクゾクして蜜が垂れ落ちる。でもようやく脚を閉じることができてホッとした……のも束の間、素早く避妊具をつけた甲野が枕を奪って床へ放り投げた。

「だめっ、かえして……っ」

「やだね。世那の感じてる顔、見せてくれよ」

ニヤリと悪辣な表情で笑う甲野が、怒張した男根を蜜沼にずぶずぶと沈めていく。

世那の膣と幾分かサイズが合わない巨根なのに、ためらうことなく行き止まりまで貫いてくる。

「はあぁぁぁ……っ！」

大きすぎて、媚肉をこそげ落とすような挿入だ。みっちりと余白もなく埋められるから、世那は挿《い》れられただけで達しそうになる。

頭がくらくらして意識が混乱した。

「あぅ……」

自分のナカがピッタリと彼に吸いつき、きつく抱き締めているのが感じられる。密着しすぎて屹立の太さや硬さ、亀頭のくびれなど細かいところまで分かる。体の奥の奥まで侵《おか》される衝撃と快感で、思考が濁ってくる。

世那は放心した表情で喘ぎながら天井を見つめていた。

「やっぱキツい。でも締まって気持ちいい。世那のナカがぎゅうぎゅう俺を締めてくるの、たまんねぇ……」

うわごとを呟く甲野が、卑猥な腰使いで律動を送り込んできた。出し入れするたびに粘ついた水音が重くなっていく。

「あっ、あぁっ、はぁっ、あんっ、あぁっ、あぁん……っ」

「ハッ、めちゃくちゃ気持ちいい……世那のナカすげぇ、もう俺のもんだと思うと興奮する……っ」

徐々に強く激しく腰を叩きつけてくる。彼は肉茎の先端から根元まですべて使って、うねる蜜孔をあますところなくこすり、媚肉の締まりを堪能している。

こうなると世那も快楽に屈服して、彼が性欲を発散させるまで揺さぶられるしかない。

「あっ、ああっ……、はぁあっ、もっ、ああっ、んあぁっ」

「世那っ、世那……！」

甲野がいささか乱暴に世那のニットと下着をめくり上げ、ブラジャーを強引にずり下ろすと、乳房を剝き出しにしてかぶりついた。

「あぁんっ！」

「柔らか……甘い……」

腰の振りを止めないまま、勃ち上がった乳首に吸いついては舐めしゃぶる。一緒に双丘を根元から揉みしだき、もう一方の乳首を指でこすり合わせる。

「ああっ、あんっ！　やぁん……はっ、あぁぅ、あぁぁっ！」

乳首がジンジンと痺れて気持ちいい。しかも乳房をもみくちゃにされるたびに、陽根を咥え込んだ膣路が収縮し、吐精をうながしてしまう。

ゴムをしていると分かっているのに、子宮が切なく疼いて精を欲しがっている。ここを真っ白に染めてほしいと、たっぷり注いでほしいと、女の本能が貪欲に喚いている。

いやらしいことを自覚すれば、媚肉が痙攣して飲み込んだ一物をねっとりと抱き締めた。

「うあっ、ナカすげぇ締まる……！　ハッ、世那っ、気持ちいいのかっ？」

快楽でろくに頭が動かなくても、反射的にコクコクと頷いていた。

もう本当に気持ちよくて死んじゃいそうで、お腹がいっぱいで苦しいのにもっと激しく突いてほしい。体が壊れそうで恐ろしいけれど、あなたが満足するまでやめないで。

願いが通じたのか、さらに激しく最奥を突き上げてくる。

底なしの快楽に襲われる世那は、啼いて喘ぎながら両腕を伸ばして彼にしがみついた。

「ああんっ！　ああっ、ひぅっ、わたしっ、ああっ、もぉ……！」

「イっていいぞ、俺もイきそう……っ」

甲野も世那を抱き締めながら、じゅぼじゅぼと卑猥な水音を絡ませて律動を加速させる。

彼の大きさまで拡げられた肉の輪から、はしたなく蜜液が弾け飛ぶ。男に音を上げさせようと、肉襞の蠕動《ぜんどう》がより淫らに激しくなる。

世那の耳元で、獣の咆哮《ほうこう》みたいな息遣いが繰り返される。彼が恋人にのめり込んでいるのが嬉しくて、世那の聴覚がぐわんと揺れる。

もう何をされても感じ入って甘い刺激に溺れてしまう。全身が熱くて意識が真っ赤に焼き切れるようで——

「もぉっ、だめぇ……っ、あ！　あっあっ、んあぁ……っ！」

男の息遣いも水音も何もかも聞こえなくなる。それが寂しくて彼の背中に爪を立てた。

直後、下腹をみっちりと占領する肉棒が跳ね上がる。朦朧とする意識でも、断続的に何かが奥へ注がれていると感じ取った。

それが射液だと察するまえに、世那の意識は限界を迎えて暗闇に飲み込まれた。


その夜、結局夕食を食べられたのは、日付が変わろうとする深夜だった。世那は気だるい体が動くようになるまで甲野に寄り添い、ずっと彼に甘えていた。

第六話　やっと気付いた本当の気持ち

甲野の部屋で過ごした翌週の月曜日、彼の運転でプルクラへ出勤することになった。世那としては日曜日の夜に一度自宅に戻りたかったが、甲野が離してくれず、週末はずーっとイチャイチャしていた。

——彼シャツってやつ、初めてやってみたけど裾がきわどくって恥ずかしかった……あれっていつでもすぐにヤれる格好なのね。知らなかったわ……

日曜日は一日中、甲野にせがまれて恥ずかしい姿で過ごしていた。そのためやっと今朝、まともな服と下着を着られて心から安心した。

彼の部屋からプルクラまでは近く、二十分もかからずに到着する。でも世那の出勤に合わせて甲野が動くと、彼の出社が遅くなるのではと心配になった。しかし先週から仕事を調整しているそうで、構わないと言い切られてしまった。

まあ、朝の通勤ラッシュに巻き込まれないのは本当に助かる。そう思いつつ世那は助手席に乗り込んだ。

地元は車通勤だったが、東京へ引っ越す際に愛車は手放している。なので朝の時間帯に車に乗るのは初めてだった。

ぼんやりとフロントガラス越しに景色を眺めていると、甲野が慎重な声で話しかけてくる。

「世那ってさ、転職する気はある？」

「えっ、なんで急に？」

「いや、土曜日に迎えに行ったら泣き出しただろ？　あんな泣き方をするなんて、二条さんのことでストレスを溜めているみたいだから」

確かに先週は精神的にきつかった。それにまさか院長が、二条のことをうやむやにするとは思わなくてショックだった。

「うん、まあそうだけど、転職するほどじゃないわ」

「そうか。でも俺は君が心配だ。もし二条さんが今後も世那に敵意を向けるようなら、プルクラ並みの条件で働ける歯科医院を探してくるよ」

医療系の伝手はあると甲野が言い切ったので、人脈が広いんだなと感心する。ホテル業とは関係ない分野だろうに。

とはいえ転職してまだ一年しかたっていない。人間関係のゴタゴタはどこの職場でもあるだろうから、ここで逃げるのはちょっと悔しい。

もし転職するときはお願いします、と告げておいた。

……自分に何があっても味方してくれる、頼るべき人がいるだけでとても心強い。先週は朝が来るたびに憂鬱だったが、気分が軽くなって出勤がつらいとは思わなかった。

久しぶりに、「頑張って働こう！」とポジティブな思考になる。

プルクラから離れたところで甲野と別れ、機嫌よく出勤した。

ロッカールームで二条と鉢合わせになったものの、特にストレスは感じなかった。考えてみれば、自分は彼女に対して後ろめたいことなど何もない。堂々としていればいい。

二条とは目を合わせないことにした。

彼女の方は世那を無視するだけで、夜の公園で見せた、女の業《ごう》を集めたような形相は見当たらなかった。職場だから当たり前かもしれないが。

◇　◇　◇

今週から加賀見酒造と甲野ホテルホールディングスの間で、買収監査《デューデリジエンス》が実施される。

これは譲渡企業の財務状況や、法務、労務などにリスクがないかを専門家が調査することだ。

甲野ホテルホールディングスが依頼した公認会計士によると、加賀見酒造クラスの企業なら、デューデリジェンスは一ヶ月ほどで終了するらしい。

この調査結果を踏まえて両社は最終交渉に入る。そのためデューデリジェンスが終わるまで、M&Aの実行プロセスですることはない。

なので世那は、実家のことはいったん頭の隅に追いやり、プライベートを楽しむことにした。

◇　◇　◇

デューデリジェンスが終了する頃、十二月最初の日曜日は世那の誕生日でもある。

ちょうどその日、甲野ホテルホールディングスのホテルで、パーティー形式のワイン&スピリッツオークションが開催される。

それを知った世那の兄は、妹へ代理で参加してほしいと懇願してきた。

『――そのオークションでさ、ずっと欲しかった二十五年物の国産ウイスキーが出品されるんだ。ヴィンテージウイスキーがどんな味に変化するか参考にしたい。金は出すから競《せ》り落としてきて』

今回の主催であるアメリカのオークションハウスは、もともとワインをメインにあつかう企業だ。しかし昨今のジャパニーズウイスキーブームの勢いに乗って、日本産ウイスキーをいくつか出品するという。

「そんなレアなウイスキー、いくらになるか想像できないんだけど」

『まあ高くなるだろうな。でも研究開発費で計上するから大丈夫！』

「馬鹿なの⁉　というかリアルのオークションなんて行ったことないから怖いんだけど！」

『会場がちょうど甲野さんとこのホテルだから、彼氏と一緒に行けばいいだろ』

「ちょっと！　なんで甲野さんとのこと知ってるのよ⁉」

『そりゃあ、まあ……連絡取り合ってるから』

そんな気はしていたが、兄の口から言われると違和感がすごい。甲野と兄が仲良くなる要素を、まったく思いつかなくて。

それに恋人の口から仕事以外で兄のことを聞かないため、本当に仲がいいのかと疑ってしまう。

「お兄ちゃん、私が甲野さんとお付き合いしてるって、お父さんとお母さんは知ってるの？」

『知るわけねぇだろ。買収が終わって会社が落ち着いてからじゃないと言わねーよ』

「そう……」

ホッと胸を撫で下ろした。家業のM&Aと自分たちの交際はなんら関係ないものの、両親は裏があるのではと勘繰るだろう。深読みされたら気分がいいものではない。

『世那、それはともかくオークションのこと頼んだぞ』

兄は甲野についてあまり話したくないらしく、そのときは強引に通話が終わった。

世那はその後、甲野をオークションへ誘ったところ、彼はとても喜んだ。

「その日って世那の誕生日だな、ちょうどいい！」

「あれ？　私の誕生日って言ったっけ？」

「……言ったんじゃないか？　俺が知ってるってことは」

言った覚えはないのだが、まあそうなんだろう。

甲野は恋人の誕生日を初めて祝えると張り切っており、前日から会場となるホテルに泊まろうと提案してきた。

土曜日の終業後から月曜日の朝まで連泊だ。ゆっくりできると世那も喜んだ。

ついでに「兄と仲がいいの？」と聞いてみたのだが、「まあまあかな」と詳しく話してくれなかった。なので根掘り葉掘り聞くのはやめた。

そして日曜日。二十九歳の誕生日となる日の夕方。

エグゼクティブスイートルームの広いウォークインクローゼットの中で、世那は鏡を見て照れていた。

今着ているマーメイドラインのワンピースドレスはシックなピンク色で、デザインといい生地の色といい、自分ではちょっと選ばないタイプだ。しかし意外なほどよく似合っている。嬉しい。

それに香水がとてもいい香りでテンションが上がる。医療従事者だから香水は縁遠く、個人的に興味もなかったので持っていなかった。でもこうして気に入った香りを身に着けてみると、すごく気分がいい。

これらはすべて、先週のデートのときに甲野が買ってくれたものだ。

本日のオークションは、ドレスコードがスマートカジュアルになる。何を着ていけばいいか悩んでいたら、彼が知人のブティックに行こうと誘ってくれた。

そこでデザイナーでもあるオーナーが、ドレスだけでなく靴やバッグも見立てたのだ。すごく着心地のいいドレスは、自分の顔色が明るくなったように見えるし、レーススカートは派手すぎない華やかさがあって素敵だ。

ただ、いつの間にか会計が終わっていたことには驚いた。自分で払うと告げたのだが、誕生日プレゼントとのことで押し切られた。

いったいいくらかかったのだろう。彼の誕生日には何かお返しをしないと。

今日はホテルのスパで肌を磨いてもらったのもあって、化粧ノリがいい。おかげでメイクが楽しくて気合いを入れた。

鏡に映る自分は、まぁまぁ可愛いのではないかと自画自賛する。

――甲野さんの隣にいても、そこまで不釣り合いじゃないわよね。

彼と一緒に外出すると、通り過ぎる女性の多くは甲野を目で追っている。そういった女性の中には、隣にいる世那へ棘のある視線を向けてくる人もいた。

中には鼻で嗤《わら》うような人もいて、気にしても仕方がないと思いつつも、ちょっぴり傷ついていた。

でも女性の美しさは作れるのだ。今までずっと男っ気がなくて、メイクやファッションをサボり気味だったと反省する。山岸と付き合っていた頃の方が、彼の助言もあって女子力が高かったぐらいだ。

そのときウォークインクローゼットのドアがノックされた。

「世那、そろそろ入ってもいい？」

「どうぞ！」

弾んだ声で答えると甲野が入ってくる。

彼はスーツを着用しているが、ノーネクタイでシャツは淡いブルーと普段よりくだけた服装だ。でも全体的に引き締まって見えるから、いつも通り格好いい。髪も固めておらず、世那はこちらの髪型の方が親しみがあって好きだった。

甲野は世那を見てパッと表情を明るくする。

「綺麗だな。いつも可愛いけど今夜はさらに美人だ」

そう言いながら世那を優しく抱き締め、額に口づける。

マメな彼は、恋人がメイクを変えたり髪を切ったりすると必ず褒めてくれた。

「君の魅力には負けそうだけど、これを身に着けてくれるか？」

甲野が手に持った青い箱を差し出してくる。……形状だけでアクセサリーが入っているのが分かった。

おそるおそる開けてみると、二十粒ほどの青い宝石が連なったネックレスだった。石の一粒一粒がそれぞれカッティングとサイズが異なっており、涙型のペアシェイプや正方形のスクエアカットなど、あえて違う石を並べることで、全体のシルエットが複雑で奥行きのあるものになっている。

とても美麗なジュエリーだった。

「すごい……」

「十二月の誕生石はタンザナイトだって聞いたから、これを」

「あ、ありがとう……すごい……」

すごい、ばかりを呟いてしまうが、本当にすごいネックレスだ。透明感のある深いブルーが光を弾いてきらめいている。小粒な石ばかりだが、これほど上質で数が多いと迫力があった。

確かタンザナイトとは〝タンザニアの夜〟との意味がある宝石だったはず。名前にふさわしい夜の色合いが実にエキゾチックで、見ているだけで魂が吸い取られそうだ。

「本当は指輪を贈りたかったけど、まだ早いと思ったからこれにした。指輪は世那が好きなものを一緒に選ぼう」

「………」

それって婚約指輪として？　と聞きたかったが、藪蛇《やぶへび》になりそうだったので曖昧に微笑んでおいた。気持ちはとても嬉しいけれど、彼との間に感じる価値観の違いが、久しぶりにブワッと膨らんで尻込みしたのだ。

贈り物の値段なんて聞くつもりはないが、すでにドレスや靴を贈ってもらったし、この部屋の代金だって甲野持ちだ。

リビングとベッドルームが独立したスイートルームなんて、ゼロが五個つくはず。それに今日のオークションはディナー料金がかかるのに、すべて甲野が手続きしてくれた。

今夜のために使った総額はいくらなのか。考えるだけで目まいを起こしそうなので、なるべく考えないようにした。

「世那。ネックレスを着けたいから鏡を向いてくれる？」

甲野の声で我に返り、慌てて半回転すると鏡を見る。ハーフアップにした髪をまとめて、右肩から前に垂らした。

彼の指先がうなじをかすめてくすぐったい。熱を帯びる肌にプラチナチェーンの冷たさが気持ちいい。

「――うん、よく似合う」

その声で伏せていた顔を上げる。美しくて気高いジュエリーが己の首元で輝いていた。

「すごい、素敵……」

「俺の世那は本当に可愛い。このまま部屋に閉じ込めて俺しか君を見ないようにしたいほどだ。他の男に見せたくない気持ちって、本当にあるんだな」

背後に立つ甲野が世那の肩に手を置き、鏡越しに目を合わせてくる。その眼差しにあふれるほど愛情が含まれていると、容易に感じ取れた。

顔面が赤くなるのを止められない。鏡に映る紅潮した自分は瞳も潤ませている。

そんな己を直視できなくて再びうつむいた。

甲野が世那の耳に整った顔を近づける。

「……そんなに赤くなって。今ここで食べたくなるだろ」

彼の声に官能が含まれている。甲野と付き合い始めて数えきれないほど抱かれているから、声を聞くだけで体の芯が疼くようで恥ずかしい。

「食べちゃだめ……」

もじもじと両手をこすり合わせていたら、背中を屈めた甲野がネックレスごとうなじに吸いついてきた。

「んっ、あ……」

「ヤバい、そんな声聞くと勃ちそう」

「だっ、だめ……っ」

急いで髪を元に戻してうなじを隠せば、クスクスと実に楽しそうな声が頭上から降ってくる。

「冗談だ。オークションが初めての世那をちゃんと会場へ連れていくよ。今日は誕生日だし、欲しいものが出品されたら競り落としてみせるから教えてくれ」

「ありがとう……」

「そろそろ行こうか」

差し出された肘に手を添えて部屋を出る。こうして寄り添うと、甲野からいつもとは違うスパイシーな香りを感じてドキドキした。

香りだけではなく、彼の気配や肉体の硬さを感じるたびに、胸が切なくなってきゅんきゅんする。

心臓の鼓動が早鐘を打ち始めるから、隣にいる甲野に聞かれそうだ。

——もうこれって、好きになってるわよね。

甲野は愛情深い人のようで、休みの日にはずっと世那のそばにいて一緒に過ごそうとする。ときには世那の膝を枕にして会話をしたり、動画を観ているときは世那の背後に座って椅子になったりする。

遠慮なくもたれてくれと言われ、自分はいいけれど彼はその姿勢がつらくないのだろうか、と不思議に思って尋ねてみたら、『世那に密着できるから嬉しい』と笑っていた。

彼は、疑うことのない愛情を浴びるほど与えてくれる。これほど愛されていたら、人は愛さずにはいられないと思う。

……ただ、先ほどのように価値観の違いに戸惑うときがあって、自分の中で明確な答えを出せないでいる。

住む世界が違いすぎることに慣れれば、自分から告白できるのだろうかと、最近では悩むことが増えていた。

そんなことを考えつつ会場へ向かう。本日の舞台は高層階のレストランで、夜景とディナーを堪能してからオークションが始まるという。

受付で手続きを済ませて会場に入ると、席はだいぶ埋まりつつあった。

「思ってたより参加者は多いのね」

広い会場内にはざっと見て百人ほどはいる。

窓を除く壁には巨大なスクリーンが設置されており、前方の舞台には大型ディスプレイと演台もあった。

あそこでハンマーを打ちつけるのかな、とオークション初心者の世那はワクワクしてくる。

スタッフに案内されて中央近くの指定席に腰を下ろすと、ウェルカムドリンクを聞かれたのでシャンパンを選んだ。

テーブルには、本日の出品情報が載った簡易カタログが置いてある。

詳細カタログはすでに甲野のもとへ送られており、ホテルの部屋でざっと目を通しておいた。なので何が出品されるかは把握しているものの、シャンパンを飲みながらパラパラとめくってみる。

オークションに対する興味は薄かったが、やはり会場に来ると自分も入札《ビッド》してみたいと心が揺れた。オークションビギナーへの配慮で、自分の小遣いで落札できるようなリーズナブルな品も用意されている。

——とはいえ数万円ものお酒を購入するって、さすがにためらうかな。

たぶん本日は雰囲気を楽しんで終わるだろう。

カタログを斜め読みしていると、兄に頼まれた品で視線が止まる。予想落札価格《エスティメート》は安易に手が出せない数字だ。

「二十五年物の国産ウイスキーが、百二十万から百八十万円の予想価格って狂ってるわ」

あまりの高値に、兄がしようとしていることを母親にチクっておいた。当然、烈火のごとく怒られた兄は、泣く泣く自腹を切ることになった。しかし予算が五十万円しかないそうで、まず落札できない。

「そうだな。海外の二十五年物シングルモルトなら、安いやつだと三万円も出せばお釣りがくる。目的の品は記念ボトルだから値が吊り上がってるんだろうけど、それでもジャパニーズウイスキーブームの過熱っぷりが分かるな」

「お兄ちゃんが長期熟成にこだわるのも、意味があるのね」

伯父のウイスキーは今飲んでもすごく美味しい。そのうえ時間を味方につければ、どれほど素晴らしく化けるだろう。しかも造り手はすでに亡くなっているため、彼のウイスキーは在庫分しかないという希少価値《プレミア》がつく。

ちょっとぐらい強気の値段をつけても完売するだろう。もしかしたら、今夜みたいなオークションに出品される日が来るかもしれない。

伯父の名が……加賀見尊《たける》の名前が、ウイスキーファンの記憶に少しでも残ってくれたら、伯父も喜んでくれるかもしれない。

蒸留所で真剣にテイスティングする伯父の姿を、世那はいまだ鮮明に思い出せる。子どもながらに、伯父のウイスキーにかける情熱をすさまじく感じたものだ。

まだ始めたばかりの事業を残して儚くなるなんて、どれほど無念だったろう。

自分はあの背中を忘れられないからこそ、加賀見酒造の理念を馬鹿にせず、そのまま引き継いでくれる甲野ホテルホールディングスを、甲野自身を信頼している。

ちらりと前の席に座る彼を盗み見る。甲野もまたカタログを見ていたが、視線に気づいたのか顔を上げた。

「どうした?」

「……今日、ここに連れてきてくれてありがとうって思ったの」

それだけでなく、様々な感情が胸を満たして熱い。感謝よりも質量が大きくて重くて深い思いに、泣きたくないのになぜか涙が出そう。

この気持ちが人を愛するということなのかもしれない。

感慨深く思ったとき、主催者が登壇《とうだん》して挨拶が始まった。乾杯用のシャンパンが新しく配られてディナーも開始される。

アミューズの白レバームースのグジェールが配られ、次いで毛蟹のエフィロッシェやフォアグラのプランシャ焼き、まろやかな南瓜《かぼちゃ》のポタージュなど、合わせるワインと共にサーブされる。

それがまた美味しくて、この後オークションがあるから飲みすぎてはいけないと分かっているのに、ついついおかわりをしてしまう。

メインの小鳩のローストは、生とレアの境界をギリギリ攻めた焼き加減で、初めての食感だった。

このとき注がれた赤ワインに、甲野がいたく感心していた。めったに市場に出回らない、それこそオークションで出してもいいワインだという。

確かにやたらめったら美味しかった。

そしてディナーを堪能した後は、お待ちかねのオークションである。

正面にある演台に競売人《オークショニア》が立ち、カタログに掲載されている順にワインを一点ずつ競《せ》りにかけていく。中には三本セットとか、複数のワインを一つの出品としてあつかうこともあった。

世那はスクリーンを見ながら、競りの速さに動揺して、まったくついていけなかった。

「すごく速く進むのね。あっという間に落札されちゃう」

「一つの出品にかける時間は短くて十五秒、長くても三十秒ぐらいだろうな。でないとすべての品をさばききれん」

「値段がすぐに上がっていくから、いいなと思っても見逃しちゃいそうね」

「だからあらかじめカタログを見て欲しい品を決めておくんだ。払える金の上限も決めないと」

「でも実際の品を見て、急に『あれが欲しい！』ってなったら焦るんじゃない？」

「だろうな。場の雰囲気に呑まれて散財する奴は結構いる」

周囲を見回してみると、スクリーンやオークショニアをガン見しつつ、パドル——お客の個別番号を記した札——を構えている人も少なくなかった。そういった人たちは、お目当ての品が出ると勢いよくパドルを上げて入札している。

まあ世那と同じように、オークションの空気感を体験しているだけの人も多いが。

次々と落札されていく状況を眺めていたら、やがてワイン部門が終了して商品がスピリッツに変わった。

「あ……あれいいなぁ」

好きなウイスキーの十二年物が出品されている。どうやらビギナーズ向け商品らしく、予想落札価格はそこまで高くない。自分でも競り落とせそうだ。

「どれ？」

「通し番号《ロット》五十七番のシングルモルト」

「何年か前に酒屋で見たことあるぞ。あれもすでに市場から消えているのか」

「ファンが多いブランドだからね。……入札してみようかな」

「やってみなよ。何事も経験」

世那は初オークションに意気込み、オークショニアのかけ声でパドルを上げてみる。しかし次々とパドルが上がって値が競り上がっていく。

すぐに自分の小遣いでは買えない価格になってしまった。

「あぁ……もう無理。残念」

「じゃあパドル貸して」

えっ、と驚いたときには甲野がパドルを掲げていた。

オークショニアが価格を告げるたびに参加者が少なくなり、最後までパドルを下ろすことがなかった甲野が落札した。

「あわわわわ……本当に買っちゃった」

「おう。帰ったら一緒に飲もう」

「……うん、ありがとう」

わずか数十秒の競り合いだったが、ハラハラして楽しかったし落札できると嬉しかった。

しばらくすると、目的の二十五年物シングルモルトが出品される。

百十万円からスタートした価格はどんどん競り上がり、日本人だけでなく多くの外国人がパドルを上げている。

白熱した競り合いの末、予想以上の落札価格《ハンマープライス》になった。

「ひえぇ……とんでもない値段になった……！」

見ているだけでもスリリングな展開に興奮する。おかげで少し汗をかいていた。

お化粧直しをしてくる、と言い置いてパウダールームへ向かう。

簡単にメイクを直して鏡を見た世那は、高揚感が落ち着いたせいか表情が暗くなっていた。

初めてのリアルオークションはいろいろな意味ですごかった。スピーディーな落札展開は興奮するし、参加してみたら楽しいし、甲野が競り落とした瞬間は歓声を上げそうになった。

でも落ち着いてくると少し怖くなる。オークションが、ではなく、甲野の自分へ向ける熱意が。

——競り落としたウイスキーって、たぶんネットオークションならもうちょっと安く買えた気がする。今日みたいなオークションの方がリスクは少ないんだろうけど。

彼が最後までパドルを下ろさなかったのは、世那が興味を示したからだと分かっている。

客室で『競り落としてみせる』と告げていたのも覚えている。

……もし兄が望んだウイスキーを、自分が「欲しい」と言ったら、彼は必ず手に入れてくれただろう。百数十万円をポンと支払って。

世那に喜んでもらおうと。

世那のためだけに。

その危うさに気づいてゾッとした。もし自分が悪女と呼ばれるような人間だったら、彼をとことん利用し尽くしてしまいそうで。

もちろんそんなことはしないが、このまま彼に甘やかされていたら、自分が変わってしまわないかと心配になってくる。

『ああいうセレブと付き合ったら、価値観がおかしくなっちゃうわよ』

不意に真宮から言われた言葉が脳裏に浮かび、心が冷えた。

――大丈夫。この状況が分不相応だってちゃんと理解してる。わきまえてる。

暴れ回る心臓をドレスの上から押さえ、深呼吸をして気持ちを落ち着けるとパウダールームを出た。

「――あらぁ？　もしかして世那ちゃん？」

名前を呼ばれて驚き、反射的に声がした方へ顔を向ける。レストルームから出てきた背の高い男性が、目を丸くしてこちらを見つめていた。

「……山ちゃん」

「やっぱり世那ちゃん！　わぁぁ～なんて可愛いの！」

元カレの山岸が弾むような足取りで近づき、世那の頭の天辺から爪先まで視線をすべらせる。

「すっごい素敵じゃなぁい！　磨けば光る原石だと思ってたけど、いきなりダイヤモンドになっちゃって、見違えたわ！」

「え……そうかな……？」

確かにドレスアップしているしメイクも頑張ったが、もとの顔は変わっていないので、そこまで褒められることかと驚いた。けれど美容業界で働く山岸のお眼鏡にかなったのなら嬉しい。

世那の顔がやっとほころんだ。山岸はその表情に眉根を寄せる。

「おしゃれしてるのに浮かない顔ねぇ。もしかして彼氏のことで悩んでるの？」

「えっ、なんで分かるの⁉」

千里眼でも持ってるのかとビビッてしまう。まじまじと見遣《みや》れば、山岸は肩をすくめた。

「この前、会ったときに彼氏のこと相談してきたじゃない。しかもその服、有名デザイナーの新作ワンピースドレスでしょ。それ一枚でたぶんあなたのお給料がふっ飛ぶから、彼氏のプレゼントかなって思うし」

ドレス一枚でそこまでするのかと世那は蒼ざめる。

「で、そんなおしゃれをしてホテルのレストランフロアにいたら、デートしかないじゃない。なのに暗い顔しちゃってぇ、彼氏と喧嘩でもしたのかって心配するわ」

「……喧嘩はしてないの。私が一人で考えすぎちゃってるだけ」

「もぉ～っ、まだ小学生男子から抜け出せないの？」

ひどい言いようだが悪意はないので笑ってしまう。さすがにあのときより大人になったと思いたい。今は言葉通り〝大人の関係〟なのだから。

とはいえ元カレに、『処女を脱しました』なんて言えないので曖昧に微笑んでおいた。

山岸が、仕方がないわねぇと苦笑している。

「何を悩んでいるか知らないけど、世那ちゃんを見れば彼氏にすっごく愛されてるって分かるわよ。不安になるようなことなんて何もないと思うけど」

「うん……でも、価値観や住む世界が違うって実感して、ちょっと未来のことを考えて怖くなっちゃった」

「ああ、彼氏って大手企業の副社長だったわね。でもそれだけ愛されてたら、未来なんて結婚の一択でしょ」

「うん……交際を申し込まれたとき、結婚を前提としてって言われたわ」

「んんっ？　それで何を悩んでるの？　悩むことがあるの？」

本気で分からないとの表情に、ものすごく居心地が悪くなる。

「だって、私のためになんでもしてくれそうだから、もし私が悪女になったら甲野さんを利用するかもしれないいじゃない」

「えっ、惚気《のろけ》？」

「違うわよ！　もう、本気で悩んでいるのに……」

「いやいや、惚気にしか聞こえないでしょ！　ちょっ、ここまで鈍いと罪になるわよ」

ため息を漏らす山岸は自身の頬を撫でると、その手を双眸に移して視界を塞いだ。彼が精神的につらいときのジェスチャーだ。

「……アタシのせいね」

「何が？」

「アタシが世那ちゃんをそういうふうにしちゃったってことよ。これだけ愛されてプロポーズまでされて順風満帆なのに、価値観とか住む世界とかいちいち悩んで引け目を感じるのって、恋愛が分かんなくって怯えているのよ」

「えっと、そんなことないと思うけど」

「……本当に申し訳ない。でもね」

　大きく息を吐きながら手を下ろした山岸は、やけに疲れた表情になっている。

「これだけ可愛くなった女の子って、男に全身全霊で愛されてるものなのよ。悩みや不安は彼氏にぶつけなさい。全部きちんと受け止めてくれるから」

「……うん」

「知らない世界に足を踏み入れることはストレスよね。しかも世那ちゃんみたいに真面目で繊細な子って、自分がそこにふさわしいかって考えちゃうでしょうし」

　自分が繊細かは分からないが、考えすぎてしまうのは正解だ。

「でも、彼氏と離れる気にはならないんでしょ？」

「うん」

素直に頷いたから自分でも驚いた。甲野と別れる気なんて、さらさらないと自覚して。

「大丈夫よ、あなたの悩みはすべて杞憂だわ。アタシに相談するよりも本人に解決してもらえば――」

「――世那ッ！」

背後から放たれた甲野の声にすくみ上がる。同時に山岸が、「しまった」と苦い声で呟いた。

足早に近づいてくる甲野の表情には、焦燥と苛立ちが混じっている。

世那はようやく、ここへ何しに来たのかを思い出し、さらに立ち話に集中してかなりの時間がたっていたことも悟った。

うろたえていると甲野が自分の前に立ち塞がり、刺し殺すかのような勢いで山岸を睨みつける。

山岸は慌てて両手を振った。

「ナンパじゃないわよ！　アタシは彼氏と待ち合わせてここに来てるだけなんで！」

「……彼氏だと?」

恐ろしいほどドスの利いた低い怒りの声だったので、世那は背筋がゾクッと震える。しかし山岸がこの場にいる理由を知って、申し訳ない気持ちも覚えた。

「ごめんなさい山ちゃん。待ち合わせなのに引き止めちゃったりして」

恋人の背中から顔だけ出して詫びると、急に甲野がクワッと目を見開いた。

「おまえが山岸か！　世那になんの用だ!?」

えっ、と世那と山岸が同時に驚く。

「甲野さん、山ちゃんのこと知ってるの？」

広い背中から端整な顔を見上げると、彼はグッと押し黙った。すると山岸がわざとらしく明るい声を上げる。

「アタシはそろそろ行くから！　世那ちゃんも彼氏と仲良くね！」

逃げるように立ち去っていった。実際に逃げたのだろう。

取り残された二人の間に微妙な沈黙が満ちる。世那は甲野を見上げながら頭を下げた。

「戻るのが遅くなってごめんなさい。偶然友だちと会って、話しちゃって……」

背中を向けていた甲野がゆっくりと振り返る。つい先ほどまでとろけるような笑みと甘い眼差しを向けてくれたのに、今は無表情で感情のこもらない目を向けてくるから心が震える。

「なかなか戻ってこないから心配した」

「ごめんなさい……」

「まさか前の男と一緒にいるなんて思いもしなかった」

前の男、つまり元カレであると甲野が知っていたことに息を呑む。

「なんで……、どうして彼のこと、知ってるの……？」

すぐさま甲野は顔を逸らして舌打ちする。

「戻るぞ。もうオークションも終わってる」

そう言い捨てると、世那を置いて歩き出してしまう。すぐに反応できなかったのは、今まで彼が自分を置いていくことなど一度もなかったからだ。

慌てて甲野の背中を追うが、歩くのが早すぎて追いつけない。いつだって世那の歩調に合わせてくれたのに、今はずんずんと男性のペースで進むから小走りになってしまう。

甲野の変わりように戸惑うものの、彼の背中から怒りを感じるから何も言えずに黙り込んだ。

デートの途中で恋人を放って元カレとしゃべっていたら、不機嫌になるのは当たり前だ。自分が逆の立場だったら不安で泣いてしまうかもしれない。

しかも今日は世那の誕生日で、彼は恋人を喜ばせようと心を尽くしてくれた。彼の真心を踏みにじったと悟り、己の愚かさに涙がせり上がってくる。けれどそれをしたら泣き落としと同じような気がして、歯を食いしばった。

レストランではお客が帰り始めているところだった。帰る際に、甲野は落札した商品の確認と配送手続きの書面にサインをする。その間、無表情のままで世那を見ようともしない。

客室に戻る間もずっと無言だから、世那は後悔で死にたくなってくる。

さらに部屋に入ると、甲野は恋人に背を向けたまま「ちょっと飲みに行ってくる」と冷たい声を放つから世那は真っ青になった。

「どっ、どこへ……？」

それには答えず部屋を出ていこうとするから、慌てて彼の腕にしがみついた。

「待って！　私も行く！」

「……悪い、遠慮して」

やはり目を合わせないまま突き放されて、世那は腕から力が抜けて彼を止めることができなかった。

「ごめんなさい……」

うつむいて萎縮する世那を視界の端でとらえたのか、甲野は自身の髪をぐしゃぐしゃと苛立ったようにかき回す。

「今の俺だと君に何をするか分からない。頭を冷やしてくる」

「何をしてもいいから行かないで！」

彼のつらくて苦しそうな表情に、世那の心が悲鳴を上げる。自分がそうさせていると痛いぐらい分かっているから。

——それなのに私を傷つけないよう気遣ってくれるなんて。私が悪いのに、もっと責めてくれたらいいのに。

腕ではなく彼の広い背中に縋りついた。引き締まった腹部に手を回して抱き締める。

この部屋を出るときはあんなに幸せだったのに、今は後悔と罪悪感で窒息しそうだ。

自分は彼の優しさにあぐらをかいていたと嫌でも気づかされる。彼が与えてくれる惜しみない愛情が当たり前だと、傲慢にも甘えきっていた。

自分を殺してしまいたいぐらい憎い。

彼を傷つけてしまってからやっと理解する。ただ好きな人がそばにいて、自分を優しい眼差しで見つめて、互いに尊重して笑い合っていることが幸福なのだと。そこに生まれや育ちや生きる世界の違いなど関係ないと。

「お願い……なんでもするから行かないで……」

震える声で訴えれば、「へぇ、なんでも？」と嘲笑するようなニュアンスで聞き返してくる。

「なんでもするわ。だから――」

「じゃあ舐めてくれる？」

――何を？

首をひねる世那の手を取って、甲野が自身の局部へと導く。……やっと一物を舐めるということに思い至って動揺した。

「えっ、ええ……」

硬直していたら甲野が振り返る。ひどく暗い表情で、光のない瞳で見下ろしてきた。

「なんでもするんだろ？」

その口調が、いつもの少し強引だけど優しい誘い方ではないから戸惑う。それでも振り向いてくれたことが世那には嬉しくて、ここで拒否したくないと思った。

「わっ、分かったわ」

やったことはないが、手と口を使う行為であるとの知識はある。すると甲野は無表情のまま壁にもたれかかり、世那を見下ろして動こうとしない。

「えっと、ベッドへ――」

行かない？　の言葉は、「ここでいい」との投げやりな返事でさえぎられた。

目を丸くする世那だったが、甲野がダラリと両腕を下ろしたので、迷った末に両膝を床につく。この体勢だとちょうど彼の股間が目の前にくるから、自然と顔が熱くなった。

彼の局部に触れたとき、まだなんの兆《きざ》しも感じなかった。今も特に膨らんでいるようには見えない。

それでも勇気を出してベルトを抜きジッパーを下げる。スラックスをくつろげて下着をそっと下へずらした。

――あれ？　小さくない……？

いつも怖いぐらい反り返っている陽根は、だらりと弛緩して垂れ下がっている。この状態を見るのは初めてなので、世那は密かに困惑していた。

彼が服を脱ぐときは、いつも腹部につきそうなほど勃ち上がっている。一緒に風呂へ入るときも同様だったから、これがいつもの大きさになるのかと不安を覚えた。

でもおそるおそる触ってみれば、ピクッと小さく震える。ちゃんと反応してくれたことに心が弾んで、ふよふよと揺れる一物をそっと撫でてみた。

ピクピクッ、と先ほどより大いに反応している。少し大きくなったようにも見える。

愛撫すればいつも通りになると悟った世那は、思い切って柔らかい肉塊に口づけてみた。ちゅっちゅっと吸いついて軽い刺激を刻んでいく。

「う……」

頭上から甲野の動揺した気配が降ってきた。視線を上げると、無表情だった美しい顔に、興奮や羞恥や後悔といった様々な感情が滲んでいる。それだけではなく。

——やっと目を合わせてくれた。

そのことが何よりも嬉しい世那は、自然と口元に笑みを浮かべた。もっと手ごたえが欲しくて、膨らみかけた分身をすっぽりと口に含む。

「……ハッ」

快楽を逃がす彼の吐息に、世那の胸がさらに高鳴る。もっと感じて、もっと私を意識して、と舌使いに熱意がこもる。

飴玉をしゃぶるように舐めて味わえば、明らかに肉茎は柔らかさを失いつつあった。

「く……はぁ……っ」

色香が混じり始めた呻きに気をよくして、肉塊を舌と口蓋《こうがい》で咀嚼するように転がす。たちまち硬度と質量が増していく。

ただ、口の中で存在を主張し始めると、あまりの大きさに咥えておくことがつらくて、一度吐き出した。

「ぷはぁっ」

亀頭と唇の間に淫靡な糸が伸びる。もう彼の分身は、いつもと同じように太く硬くそそり勃っていた。

あいかわらず雄々しくてたくましい肉茎だと感動する。間近で見ていると、下腹部がじゅんっと濡れてくる。

しかも自分が彼を昂らせたのだと思えば誇らしい。子宮が疼いて体温が上がってくる。

熱い吐息を漏らす世那は、見ているだけで発情する肉槍を両手で包み、きゅっきゅっと上下にこすりながら、舌の腹を使って力強く裏筋を舐め上げた。

「ハッ、世那……咥えてくれ……」

彼の両手が世那の頭部を撫でる。名前を呼んでくれたことがさらに嬉しい。彼に褒められていないみたいで。

嬉々として巨大な肉竿を深く飲み込んだ。拙《つたな》いながらも夢中で、舌と手を使って奉仕する。先走りの蜜と唾液が混じり合ってあふれそうになれば、何度も味わって体液を飲み込む。

だんだん顎が疲れてきたとき、巨根と化した剛直がびくびくと揺れた。

「うぁ……っ！」

甲野が興奮しきった声で吠えたのと同時に、彼の両手に力が入って世那の頭部が股間へ押しつけられる。その勢いで亀頭が喉の奥へズブッと入り込んでしまい、強烈な咽頭《いんとう》反射が起きて激しくむせた。

「ゲホッ！　オエェッ！」

逃げるように体を引いた途端、床に崩れ落ちてえずく。

「世那！　すまんっ！」

甲野が慌てて背中を撫でてくれるが、胃の中のものを吐きそうだ。でも部屋で戻したくなくて、必死の思いで嘔吐《おうと》をこらえた。それでも苦しさから涙がボロボロと零れ落ちる。

「すまない、手に力を入れた……」

「だい、ゴフッ、じょうぶ……ゴフッ」

「大丈夫じゃねぇだろ……クソッ、君を泣かしたくないのに……」

甲野は勢いよく世那を横抱きにして立ち上がり、足早にパウダールームへ向かう。床にそっと体を下ろし、タオルで顔を優しく拭いてくれた。

その間も背中をいたわるように撫でてくれるから、世那はしばらくすると嘔吐感が治まってきた。

「ごめんなさい。続きを……」

彼の局部へ視線を向けると、すでに一物はしまわれてスラックスも元通りになっている。萎《な》えてしまったのか膨らみは見受けられない。

それが悲しくて股間に指を伸ばしたら、甲野が手首をつかんで止めてきた。

「もういい」

「どうして……ごめんなさい、今度はうまくやるから……」

「世那、理不尽なあつかいをされたら怒っていいんだ」

「別に、怒ることなんてないわ……」

本当にないと思っているのに、甲野が抱き締めてくると後悔にまみれた声を漏らした。

「すまなかった。ごめん。俺が悪かった。どうかしていた。……君が元カレと一緒にいるところを見て頭に血が上った。頼むから嫌わないでくれ。君に嫌われたら生きていけない……」

甘えるような縋るような声できつく抱き締められる。なんとなく元の甲野に戻ったようで、心から安堵して気持ちが平《たい》らかになった。

世那も彼の大きな体を抱き締め返す。

「じゃあ、ずっとそばにいて……」

「うん」

そのまま抱き合って、互いのぬくもりと存在を感じ取る。これが己の幸せなのだと、心が深く満たされた。

しばらくの間、寄り添って幸福を嚙み締めていたが、世那は平常心に戻ると自分の顔面が気になってくる。派手に泣いてタオルで顔を押さえたため、メイクは崩れているだろう。これ以上、みっともない姿を好きな人に見せたくない。

「あの、顔を洗いたいかな……」

「じゃあ一緒に風呂に入ろう。髪も洗ってやるから」

「……うん」

いつもなら照れて迷うところだが、今は彼と離れたくなかったので頷いた。

甲野はまるで僕《しもべ》になったかのように、世那の髪を優しく洗い、若干の性的な手つきで体も洗ってくれる。

それから二人して一緒に湯に浸かった。

世那は彼と風呂に入る際、恥ずかしくて目を合わせられないため、彼の脚の間に座って同じ方向を向くことにしている。でも今夜は初めて向かい合い、男らしい首にゆるく抱きついた。

甲野はそれが嬉しかったのか、感動した声を出している。

「可愛い……俺の世那……」

感極まった様子で、世那の顔中にキスの雨を降らせている。しかも密着すると、彼の屹立が再び元気になっていると気づいた。

自分を求めてくれる男の気持ちに世那も昂り、心に抱え込んだわだかまりが溶けて流れていく。

だからずっと胸につかえていたことを、スルッと吐き出すことができた。

「あのね、私、ずっと不安だったの」

甲野を好きになっても、価値観や住む世界が違いすぎることにずっと引け目を感じて、己の気持ちに素直になれなかったと告白した。

すると彼は世那の不安とは違うところに大きく反応している。

「おっ、俺のこと好きって本当に!? 嘘じゃない!? からかってない!? 冗談とか言われたらショックで寝込むかもしれないけどマジで!?」

世那の顔を覗き込んで鬼気迫る勢いで聞いてくるから、頭を仰け反らせてコクコクと頷いた。

「うん。たぶんもっと前から好きだったと思うけど、いろいろ考えすぎて分からなかったの……」

「価値観と住む世界が違うってやつか？　まあ金銭感覚のズレってカップルでよく問題になるよな。けど俺と結婚したら俺の資産は世界のものになるから、自分で管理して使っていれば嫌でも慣れるんじゃないか？」

「でも、あなたを利用しようとしたら、怖いし……」

「真面目だなぁ。俺は世那に利用されたらむちゃくちゃ喜ぶけど？」

「えぇ……本気で言ってるの？」

「そりゃそうだよ。俺は世那を、俺なしじゃ生きていけないようにしたいんだから」

そのセリフは以前も聞いたような気がする。確か……彼の部屋に初めてお邪魔したときだ。

つまり本気でそう思っているのだろう。世那を一生、離さないための手段として。

思い返せばあのとき、世那が彼に堕落してくれたら喜ぶと、どんな世那だって好きだとも言っていた。

もうずいぶん前から、己の不安や懸念に対する答えを彼からもらっていたのだ。単に自分が、「そんな大げさな」と聞き流していただけで。

そして自分もその夜、駐車場で二条に絡まれて、彼がよそ見したらどうしようと不安を覚えた。当時はその心情が何か分からなかったけれど、今なら嫉妬だと、彼に独占欲を抱いたと理解できる。

……己の恋愛下手、いや、致命的なほど他人の好意に鈍感なところが嫌になる。こんな女、よく甲野は愛想を尽かさなかったものだと地の底まで落ち込んだ。

彼の方は顔を伏せる世那の心情に気づかないのか、機嫌よく世那の額に口づけて瞳を覗き込んでくる。

「つまりさ、どう転んでも俺は世那を絶対に離さないってことだ。世那が悩んでも不安に思っても、死ぬまでずっと一緒だ」

彼は微笑んでいるが、なんとなく目が笑っていないようにも感じた。見つめていると、不可視の鎖でがんじがらめに囚われるような気分になってくる。

彼に対するときめきとは違う気持ちに背筋が粟立つ。でも同時に、永遠にそばにいるとの真摯な言葉が嬉しくて、胸が熱くなった。

いつまでも細かいことにウジウジしていた卑屈な心が軽くなっていく。

「私も、ずっとあなたのそばにいるわ……」

自ら誓いの口づけを捧げれば、すぐに舌が押し込まれて口内を蹂躙される。激しくて気持ちがいいキスが繰り返されて、だんだん腰が痺れて欲情の嵩《かさ》が増してくる。

しかも肉槍がさらに大きくなり、世那の下腹部を外側から刺激される。この中に入りたいと言いたげに。

発情する世那は彼を迎え入れたいと思ったが、その前にもう一つ聞いておくべきことを思い出した。

「んっ、あふっ、待って、まだ……んぅっ、聞きたい、ことが……」

「ハァッ、何……？」

「たくさんの女性と並行して付き合う人だって、本当？」

甲野が勢いよく世那から離れて目を見開いた。見つめ合う二人の間では、つい先ほどまであった甘い空気が吹っ飛んでいる。

数秒ほど硬直した甲野は、やがて思いっきり眦を吊り上げた。

「は……あああぁっ!?　なんじゃそりゃあっ!?　誰に言われたんだ!?」

「プルクラの院長先生」

真宮の妹の話を簡単に告げると、彼は水面を睨み「殺してやる……」と物騒なことを呟いている。

「犯罪はだめよ」

「いやでも、そんなの嘘っぱちだぜ。学生時代も女に付きまとわれてウンザリしてたから、その頃は誰とも付き合わなかったんだよな」

恋人と呼べる女性がいたのは、社会人になって海外に出た後だという。

世那はすでに甲野の言葉を信じているし、第三者の戯言《ざれごと》など信用ならないと思っている。だからこそよけいに不思議だった。

「真宮先生、どうしてそんな嘘を言ったのかしら？」

「さあな。でも雇用主が従業員のプライベートを引っかき回すって、異常だぜ」

その通りなので深く頷いた。しかし理由が不可解で、なんとも気持ち悪い。

「明日、先生に聞いてみようかしら」

「……なあ、もしそれで職場に居づらくなったら転職しないか？　あそこには二条さんもいるから君を働かせるのは怖い」

そこで甲野は世那を優しく抱き締め、顔を耳に寄せると耳朶《みみたぶ》にそっと唇を押しつける。

「転職先、俺のもとでもいいぞ？」

ありったけの色香を込めた誘惑の声だった。しかも耳朶をはむはむと優しく甘噛みしてくるから、その刺激がうなじを滑り降りて腰を甘く震わせる。全身から力が抜けて湯の中に沈みそうだ。

「うっ、あ、それって、甲野ホテルホールディングスが運営する施設にってこと……？」

「なんでそうなるんだよ！」

いきなり彼の二本の指が、尻側から蜜口に侵入してきた。口淫《こういん》していたときから世那は濡れていたため、引っかかることなく根元までズルッと飲み込んでしまう。

しかも待ちわびていたナカにようやく咥えるモノが来たことで、喜んだ体は指を情熱的に抱き締めては隅々までねぶる。

それだけで世那はひどく感じ入った。

「あっ、あぁっ、なんでぇ……っ」

「なんでと聞きたいのはこっちだよ！　俺は結婚しようって言ってんだ！」

世那の背後から指を挿入すれば、尻側の媚肉を刺激しやすい。それはいつもの愛撫とは少し違った刺激を刻むから、予想がつかない快感に翻弄されて腰をいやらしく振ってしまう。

まるでおしおきをされているみたいで、羞恥と快楽により世那の体温が急上昇する。

「だって、あぁんっ、けっこん、するのっ、はぁう……もっ、きまってるのにぃ……っ」

「ああ？」

「けっこん、ぜんていでって、いったじゃない……あぅ、あぁんっ」

世那の好い処ばかりを指がかすめて、びくんびくんと尻が跳ね上がって恥ずかしい。身をよじるたびに湯が大きく波打つから、自分がどれほど感じているか甲野に教えているみたいで、もっと悩ましい。

このとき彼の指が素早く引き抜かれた。その動きにさえ気持ちよくなる世那は、脚の付け根から蜜の塊があふれるのを悟って恥じ入る。どれだけ濡れているのかと萎縮していたら、いきなり立ち上がった甲野が強引に立たせてくる。

「世那、壁に両手をついて」

「え……、こう?」

「そう。倒れるなよ」

彼がこちらの尻を両手でわしづかみにし、左右に広げて割れ目を露わにした。閉じられていたはずの肉唇もだらしなく開いて、蜜という名の涎《よだれ》を恥じらうことなく垂らす。光沢を放つ卑猥な糸が一本、ゆっくりと落ちていく。

世那の興奮の印をガン見していた甲野は、焦れた様子でべたべたに濡れそぼつ陰唇に亀頭を押し当てた。

薄膜をかぶっていない先端はつるりとしており、慣れ親しんだ感触と違うことに世那はハッとする。

「待って、避妊――」

制止を求める言葉を散らす勢いで、剛直が貫いてくる。

「んあああっ!」

一気に子宮口を突き上げられた。勢いがありすぎて喉の奥から、「きゅふっ」と空気混じりの声が押し出される。

男の分身はその体格に比例するのか、彼のものは大柄な甲野に見合った長大な肉棒だ。

それが根元まで埋められると圧迫感で呼吸が乱れる。

このサイズに慣れるまで、最奥を突き破られるかと怯えたものだ。

でも今は彼の質量にも馴染んで、苦しいことに変わりはないが、挿《い》れられるだけでジンジンと痺れるような気持ちよさが滲む。しかも今日はいつもより感じてしまう。

それはたぶん。

――ゴム、つけないで、入ってる……

甲野は今まで必ず避妊具をつけてくれた。でも今、世那が結婚をするつもりだと告げたせいなのか、遠慮をかなぐり捨てて生《ナマ》の肉茎で腹の中を満たしてくる。

いつもと違う印象を受けるのは、互いの粘膜がさえぎることなく接しているからだろう。本当の意味で一つになれたと。

そう思えば嬉しくて気持ちよくて興奮して、下腹がきゅんきゅんと甘く疼いた。自分を求める男のいじらしさに応えたいと、飲み込んだ陽根を淫らに締めつけて離さない。

甲野は甘くて蠱惑的な締まりに、顎を上げて呻いている。

「うあぁっ、すげぇっ、ナカ熱い……っ」

「あ……おっきぃ……」

「……そういうこと言うと、すぐに出るぞ」

「ん……だめ……」

「って言っても外に出すから。ゴム取りに行く余裕なんてねえよ」

外に出したとしても妊娠する可能性はあると、互いに大人なので知っている。

もちろん甲野なら喜んで責任を取ってくれるだろう。仮に妊娠したとしても、世那が自分から離れないための枷《かせ》が増えたと、さらに喜ぶのではないか。

それならいいかと、快楽で煮えたぎる脳がおかしなことを考え始める。

「あん……あかちゃん、できちゃう……」

ビシッと甲野が大きく震えて固まった。

「ちょっ、世那！　そんな男が言ってほしいエロいセリフを今言うな！」

「なんで……ああっ！　はぁんっ！」

甲野がしょっぱなから激しく腰を振ってくる。世那の細い腰を両手でつかんで引き寄せ、パンパンと肉が打つ音を響かせながら律動を刻む。

淫らなリズムに合わせてバスタブの湯が波打つ。

世那は後背位を何度か経験しているが、立ったまま交わるのは初めてだ。体勢が四つん這いのときと微妙に違って、初めて感じる甘い刺激に嬌声が止まらない。

「あぁんっ、はぁっ、あんっ、んっ、んんぅっ」

媚肉を何度も執拗に引っかくから、お腹全体が猛烈に疼いて意識が飛びそうになる。いや、すでに軽く飛んでいる。目の前がチカチカして全身に汗が滲んでいる。腹の中が異様に蠢いて彼を絞っている。

「グァッ！　締まる……っ、ハッ　出そう、でも出したくない……っ」

世那の後頭部で、彼がはぁはぁと呼吸を乱しながら呟いている。いつも世那を思い通りに善がらせて翻弄する彼が、今は快楽に呑まれてイきそうになっていた。でもまだ早いからと必死に耐えている。

その様子がとても可愛い。

我慢しないで私でもっと気持ちよくなってと、蜜路が肉槍を情熱的に抱き締めて甘く追い詰める。

「ハッ、ハァッ！　ちくしょうっ、気持ちいい……！」

甲野が背後から右手で乳房を揉みしだき、勃ち上がった乳首を指でこね回した。

「んぁっ、はぁん……わたしも、きもちいぃ……」

世那は剛直で貫かれる以上に、彼の大きな手のひらで触れられることが好きだ。日常でも頭や背を撫でられたりすると、心がざわついているときだって落ち着いた。

だから胸の形が変わるほどもみくちゃにされて、よりいっそう興奮して脳髄が沸騰しそうになる。

肉悦に侵されてセックスのことしか考えられない。

自然と蜜路が痙攣し、咥え込んだ肉棒を付け根から先端まで媚肉でねっとりと舐めしゃ

丹念に刺激する。特に亀頭の段差が彼の感じやすいところだと体が知ってるから、くびれの隙間までぶる。

世那の積極的な奉仕に、甲野は快楽の呻きを漏らしながら歯を食いしばった。

「うあぁっ、すっげ、出そぅ……っ」

フーッ、フーッ、と獣の息遣いで感じ入る甲野が、股間を世那の尻に押しつけて腰をいやらしく回す。

「んんぅ～～～っ！」

世那の背筋が極限まで反り返る。

秘筒をほじくるようにかき混ぜられ、太くて硬い漲《みなぎ》りで膣襞がまんべんなく刺激される。しかも互いの局部が密着しているから、快感がいつまでも途切れない。精神が巨大な肉悦に呑み込まれて、まともな思考なんて働かない。

死んでしまいそうなほどの気持ちよさだった。

世那は硬い男根を積極的に締め上げながら、顎を上げて犬のように喘いでしまう。

「ヒッ、あうぅ……っ」

「クッソ、マジで出る……！　世那っ、こっち向け！」

甲野が恋人の顎をつかんで振り向かせようとする。

世那は何も考えられなくなっていたが、愛する人の切羽詰まった声に無意識に反応して、ノロノロと振り返る。

目を血走らせて興奮する甲野が唇にかぶりついてきた。

隙間に舌をねじ込み、口腔をあますところなくなぞられる。獰猛な舌使いに背筋がゾクゾクして、ちょっと正気に戻った。

余裕を失くした彼の、激しくて力強いキスが気持ちいい。

混じり合う唾液があふれて顎を伝って垂れ落ちる。体中が湯と汗と体液でぐちゃぐちゃだ。

世那はいつもこの辺りで彼の激情から逃げ出そうとするのに、今は彼のことが好きすぎて、もっと激しくしてもいいなんて頭の片隅で思ったりする。

――だって私がどんな恥ずかしい姿をさらしても、嫌ったりしないから。それどころかこの人はすごく喜ぶから。

愛が心に満ちて胸の奥がとても熱い。信頼を伴《ともな》う快楽が幸せで、自分も彼に返したいとキスをしながら愛を訴える。

「すき……すきなの……んんぅっ」

甲野が貪るように舌を絡めながら、乳房を揉んで子宮口を突き上げる。大きなストロークで抽挿を叩きつけてくるから、すごく気持ちよくて世那も腰を振ってしまう。

羞恥心なんてどこかに飛んでいった。恋人に愛される行為に没頭する。

いつも世那は彼の手管に啼かされるだけで受け身だが、今夜は自主的に舌を差し出して男を締めつける。

揺さぶられて唇が外れても、眼差しでキスを求めると叶えてくれるから嬉しくてたまらない。

「あぅ……すき……だいすき……んぁ……」

「世那、俺も好きだっ、愛してる！」

「わたし、も……あぃ、あっ、んあぁぁっ」

彼の左手が結合部へと下がり、蜜まみれの陰核をキュッとつまんだ。鮮烈で鋭い快感が四肢へと駆け巡る。

キスが続けられなくて、甲高い嬌声を上げながら身悶え、腰をがくがくと卑猥に揺らす。頭の中で悦の塊が何度も弾け、すでに世那の目の焦点は合っていない。

自分がおかしくなってしまいそうだ。いや、もうおかしくなっている。完全に男に屈服して、彼が植えつける快楽のことしか頭にない。むりやり注がれる肉悦をすべて飲み込んでは、全身をぶるぶると震わせる。

もう立っていられなくなるけれど、ここで彼に止まってほしくないから懸命にふんばった。すると膣に力が入ってよけいに彼を締めつける。

「うあっ！　世那ッ！」

享楽に溺れる彼の声を心地よく聞きながら、世那は絶頂へと飛ばされた。グッと頭を反らせて悲鳴を上げながら、彼の精を搾り取ろうと渾身の圧で締めつける。

直後、勢いよく一物を抜いた甲野が、恋人の白い背中に射液をぶっかけた。

背面からお尻に熱いほとばしりを感じる世那は、とうとう湯の中に崩れ落ちる。

「おっと、大丈夫……じゃないな」

甲野は世那を抱き留めて脚の間に座らせると、自分へ抱きつく体勢にさせる。背中を汚す白濁を湯で洗い流した。

世那は彼に縋りつきながら完全にへばっている。

「あつい……も、むり……」

膝から下がずっと湯に浸かっていたのもあって、のぼせる一歩手前だ。上半身がグラついて湯の中に倒れそうになる。

甲野が慌てて抱き上げ、バスローブにくるんでリビングのソファに寝かせてくれた。

世那は冷たいミネラルウォーターをもらってちびちびと飲みながら、髪を拭いてくれる恋人を見上げる。

「……なんで、そんなに機嫌がいいの？」

鼻歌を歌いながら恋人の世話を焼く彼は、口元がニマニマとゆるんでいる。喜悦が隠しきれないほど滲んでおり、それはもう上機嫌だ。

「そりゃあ、世那が俺を好きだって分かったからな。M&Aが終わったらご両親に挨拶に行かないと！」

「えぇ……お父さんたち、びっくりして心臓が止まっちゃうかもしれないわ。もうちょっと後にしない？」

「んー」

　不満そうに甲野が唇を尖らせている。その子どもっぽい表情が可愛くて、なんとなく以前、それもだいぶ昔に見たことがあるような気がした。……けれど思い出せないので、いったん頭の隅に追いやっておく。

「だって、結婚したらすぐ子どもができることもあるでしょ。もうちょっと二人きりの時間を持ちたいじゃない」

「それもそうだな！」

　あっさり翻意《ほんい》している。……なんとなく彼の喜ぶツボが分かったような気がした。

　もともと甲野は世那に甘いしベタ惚れなので、たいていの願いは叶えてくれる。その際、ちょっと狡《ずる》いけれど、おねだりするみたいに甘えたら効果覿面だと思った。

「でもさ、それなら一緒に暮らさないか？　週末しか会えないのは寂しいし、俺は毎日会いたい」

　休日のたびにデートしていたが、彼は満足していなかったらしい。

この人は本当に自分のことが好きなんだなと、またもや実感して嬉しかった。

「……そうね。私も、週末だけしか会えないのは嫌だわ」

「決まりだな！　同棲するならやっぱりご両親へ挨拶に行かないと！」

ウンウンと頷く甲野が得意そうな顔で告げる。世那は激しく瞬いた。

「同棲するとき、親に挨拶ってするものなの？」

「そりゃあ、するだろ。親御さんにとって大事な娘さんの人生を預かるんだ。礼を欠《か》くことなんて許されない」

結局、親への挨拶は必要だと話が戻ってしまった。それでも彼が、世那だけでなく両親も慮ってくれたので感動する。

心身共に男の愛で満たされて、幸せだった。

第七話　モテすぎ御曹司に言い寄られたら

翌日の月曜日。ホテルをチェックアウトした後、世那はプルクラまで車で送ってもらう。いつもなら職場から離れた場所で車を降りるのに、今日はプルクラの真正面で降りた。二条や真宮に見られても構わないと開き直ったので。

自分は彼との交際を隠す必要などないのだから。

ロッカルームに入ると、すでに着替えていた二条が睨みつけてきた。

「いいご身分ですねぇ。わざわざここまで甲野さんに送らせるなんて」

「そうね、ありがたいことだわ。でもギリギリまで一緒にいたいと言われたら断れないじゃない」

冷静に言い返せば、二条はそれをマウントととらえたのか怒りの形相になっている。

「へぇぇ……でもいいんですか？　そのうち彼の浮気で泣くのは加賀見さんですよ？」

まだその設定を続けるんだ、と世那は頭が痛くなってくる。

もう引導を渡すべきだと思い、まっすぐに二条の目を見つめて言い放った。

「甲野さんに振られて悔しいのは分かるけど、そういう虚言は彼を侮辱することでもあるわ。彼は私と結婚するから、いいかげんに諦めなさい」

厳しい言葉だが、さすがに腹が立ってきたので遠慮はしなかった。

二条は顔を真っ赤にして鬼のような表情になっている。

「はあぁーっ⁉　ちやほやされていい気になってんじゃないわよ！　泣くのはあんたなんだからね！　甲野さんがあんたに近づいたのは、M&Aで有利になるようにしたかっただけよ！」

罵倒よりも、そのセリフに含まれる重大な情報に世那は目を剝いた。

「なんでM&Aのこと知ってるのよ⁉」

思わず大きな声を出してしまった。それぐらいありえないことだったたから。

M&Aでは二社間で秘密保持契約を締結している。だからトップ面談は、加賀見酒造を見学する予定を考慮して、従業員がいない日曜日に設定したのだ。

世那が大声を上げたことですくみ上がった二条だが、すぐに顔を歪ませてニタリと笑う。

「だから甲野さんに聞いたって言ってるじゃない。あの人は加賀見さんと付き合いながら、私や他の女性とも交際してるんですよ」

もうその設定はいらないから！　と叫び出したい気分だった。甲野のことよりも、情報が漏れていることに焦燥感がこみ上げる。

「分かったわ。じゃあ甲野さんに直接聞いてみる」

「えっ⁉」

二条が慌てふためくのを無視して、甲野のプライベートスマートフォンへ電話をかける。運転中だろうから出ない恐れもあったが、すぐに通話がつながった。

『――世那？　どうした、忘れ物か？』

スピーカー通話に切り替えたので、甲野の声がロッカールームに響く。その途端、なんと二条は逃げ出した。

追いかけたかったが今はそれどころではない。

「二条さんがね、うちのM&Aのことを甲野さんから聞いたって言い出したの」

『はっ⁉　俺は言ってねーよ！　あの女とあれからしゃべったことは一度もないって！　いやそれより、なんでM&Aのこと知ってんだ⁉』

「私も知りたいわ」

甲野が情報源であるはずがない。自分もこの件を誰にも話していない。

ふと、院長には二条と揉めたとき、甲野ホテルホールディングスと関わっていることを告げた。しかし内容は伝えていない。企業の買収に取締役として関わっているのだ。軽々しく口にすることなどありえない。

『なんか嫌な予感がするな。あんな頭の軽そうな女が一人で調べられるはずがないから、プルクラを……心世会だっけ？　そこを調べてみる』

「うん、忙しいのにごめんね」

『世那の実家のことだからな。不安があったらいつでも相談してくれ。——愛してる』

「あっ、うん！　私も、愛してる……」

だんだんと声が小さくなっていく。二人きりのときはスルッと口に出せるのに、職場で聞くと恥ずかしい。

通話を切って着替えていると、他のスタッフがやって来たので内心で冷や汗をかいた。二条に聞かせるために職場で甲野へ電話をしたが、終業後の方がよかったかもしれない。いや、情報漏洩のことが気になって集中を欠くだろうから、今聞いておいてよかったのだと思う。

その後、二条にM&Aのことを聞きたくて話しかけようとしたが、彼女は同僚を盾にして逃げ回っている。結局、誰から聞いたのかは問いただすことができなかった。

その日の夜、自宅へ帰った世那は甲野から、『一人で不安じゃないか？　うちにおいで』と誘われた。

洗濯や掃除をしたい気持ちはあったが、甲野と話をしたいのもあって了承する。

手早く着替えや日用品などをまとめて、迎えに来てくれた彼の車でマンションへ向かった。

二人で夕食を準備しながら、甲野は情報漏洩について、すぐに調べはつかないと告げた。

「情報を完全に秘匿《ひとく》するって難しいんだよな。細心の注意を払っても、漏れるときは漏れるから」

酒の席で気がゆるんでいるときにポロッと口にしたり、二社間で交わした書面をデスクに置きっぱなしにして従業員に見られたりと、その多くがヒューマンエラーによるものだという。

「どこまで知られているのかしら？」

「仲介会社が加賀見社長に確認したけど、あちらではまったく噂になっていないそうで、逆に驚かれたよ。酒類業界や取引先にも流れてないってさ」

「じゃあ大丈夫かしら……」

そう思いたいが、万が一、地元で知れ渡ったらと考えると怖い。憶測によるネガティブな風評が広がり、販売や仕入れなどの信用取引に支障をきたしたら、業績が悪化する。

ウイスキーの原料となる大麦麦芽《おおむぎばくが》と酵母《こうぼ》は、輸入品に頼っているので契約を切られたら致命傷だ。代替品《だいたい》が国内では見当たらない。

特に酵母は、イギリスのサプライヤーの品を伯父の代から使っている。この酵母による香味が、〝シングルモルト加賀見〟を形成する要素の一つなのだ。

不安から手が止まってうつむいてしまう。すると恋人の大きな手のひらが頭部を優しく撫でてくれた。

「心配するな、ここまで来たら最終契約まであと少しだ。近いうちに社内外へM&Aについて公表するから、今情報が漏れてもそこまで大事《おおごと》にはならない」

「うん……」

M&Aを何件も担当してきた甲野がそう言うなら、信じられる。自分は何もできないので任せるしかない。

すぐそばにある頼もしい広い肩に頭を寄せて甘えてみる。彼が額にキスをしてくれたから、胸をくすぶる不安感が薄れていく。

この部屋に来てよかったと心から思った。


甲野の強い望みもあって、世那はその日以降も彼の部屋で暮らすことになった。M&Aのことが気になりすぎて落ち着かないため、頼れる人のそばにいたかったのだ。そうすれば平常心を取り戻せる。

同棲すると約束していたのもあって、迷うことはなかった。

当面の必要なものだけ持ち込めばいいと思っていたが、甲野は「もう引っ越ししよう！世那の部屋は引き払おう！」と言い出した。

プルクラの休診日となる木曜日に、彼が引っ越しおまかせプランというものを手配してくれた。これは荷造りから退去後の清掃など、何から何まで業者が引き受けるサービスだった。

さすがに退去手続きや、電気ガス水道の解約などは世那がやらなくてはいけない。しかし荷物の搬出と搬入という、もっとも手間のかかるところは何もしないで終わった。

東京で暮らし始めて一年しかたっておらず、まだ物が多くないのもあって、荷物は甲野の家の空き部屋に余裕で収まった。冷蔵庫や電子レンジなどの家電は恋人の家にもあるため、業者に引き取ってもらった。

ちなみに世那のベッドも処分した。一緒に寝るからベッドは必要ないと、恋人に強く主張されて負けた。

甲野は世那の引っ越しをひどく喜び、その日の夜は待ち合わせをして、一緒に夕食を食べることになった。

二人でワインを二本も空けてしまい、いささか飲みすぎたけれど楽しく食事をして帰宅する。

すると世那のスマートフォンに父親からの着信があった。放任主義の父親はめったに娘へ連絡をしないから、ひどく驚いた。たぶん上京してからは初めてだ。

電話に出ると父親は重たい口調で告げてくる。今度の日曜日、東京へ行くから久しぶりに食事にでも行かないか、と。

◇　◇　◇

日曜日のお昼、世那が父親との食事に選んだのは、甲野ホテルホールディングスのとあるホテルだった。

日本料理店の個室で座卓を挟んで向かい合い、会席料理が並べられる。父親は困惑の様子で室内を見回していた。

「世那。こんないいところじゃなくてもよかったのに」

「周りに聞かれたくなかったからここを選んだの。——何か話があるんじゃないの？」

「いや、おまえが元気でいるかなと思って」

「ふーん。M&Aの情報漏洩のことじゃなくって？」

父親が食べようとしてた胡麻豆腐が箸から落ちた。皿の上で崩れた胡麻豆腐を顧みることなく、父親はワナワナと震えている。

「とっ、東京にいるおまえがっ、どうやってそれを知ったんだ？　理久から聞いたのか？」

「それは後で話すわ。で、お父さんが私に会いに来た理由って何？　お母さんとお兄ちゃんには話しにくいことがあるんじゃないの？」

「いや、俺は、そんなこと娘に……」

「息抜きに来たのかもしれないけど、早いうちに対処しないとまずい問題が出てきたんじゃないの？　でもお母さんとお兄ちゃんに言いにくいから、事業に関わらない私なら話しやすいって思ったんじゃない？」

父親は箸を持ったまま顔を伏せてしまった。図星のようだ。

世那は父親が口を開く気になるまで無言で食べ始める。しばらくすると箸を置いた父親が、うつむいたまま口を開いた。

「……おまえ、伯母さんを覚えているか？」

「そりゃあ覚えているわよ。もう何年も会ってないけど……伯母さんがどうかしたの？」

伯父の奥さんは夫が亡くなると実家に戻ったため、ここ数年は疎遠になっている。伴侶の死後は婚家と親しくするつもりはないらしい。

それでも伯父が亡くなるまで親戚として付き合いのあった人だから、彼女に何かあったのかと世那は不安になる。

「M&Aのことは、義姉《ねえ》さんから漏れていた」

「え……えええっ！　なんでここで伯母さんが出てくるの!?　関係ないでしょ！」

「関係あるんだ。義姉さんは加賀見酒造の株を持っている」

「あっ、あぁー……、そういえばそうだったわ」

世那は思わず手のひらで額を押さえた。すっかり忘れていたが、伯父が株式を持っていたので遺産として妻に渡っているのだ。

——なるほど、それであらかじめM&Aのことを話したのね。

今回のM&Aにおいて、甲野ホテルホールディングスは加賀見酒造の保有株式を百パーセント要求している。

父親が持っている株式は全体の七十パーセントなので、これを渡すだけでも経営権は確保できる。

しかし残りの株主が買い手企業の意向に沿わない意見を出したら、買収後の経営に支障をきたす恐れがある。少数株主にも強い権利があるのだ。

そのためすべての株式譲渡が買収条件に盛り込まれていた。

加賀見酒造は家族経営なので、株式はすべて親族が保有している。

社長の妻が十パーセント。二人の子どもがそれぞれ三パーセントずつ。そして残り十四パーセントを亡き伯父の妻——加賀見房子《ふさこ》が保有していた。

房子とは親戚付き合いがほぼ途絶えており、株主総会も毎回欠席しているため、彼女にはM&Aについて話さず、最終契約を結ぶ直前に株を売ってもらう方針でもよかった。

しかし父親は亡き兄の奥方で義姉《ぎし》でもある彼女を慮り、二回目のトップ面談後にM&Aについて話したという。房子も配当の少ない株式より現金を望んだため、特に揉めることはなく買い取りの話はまとまっていた。

その房子から情報が漏れたという。

「つまり伯母さんが、ご近所の井戸端会議でポロッとしゃべっちゃったわけ？」

「いや、興信所の人間が訪ねてきたらしい」

「はあぁっ!?」

父親は仲介会社から情報漏洩について問い合わせがあったとき、真っ先に義姉を思い浮かべたという。

そこで房子へ尋ねたところ、白《しら》を切っていたが声に動揺が含まれていた。不審を覚えた父親が義姉に会いに行くと白状したそうだ。

なんでも分厚い封筒と引き換えに、加賀見酒造で今までとは違う変化はないかと聞かれたらしい。房子は義弟からM&Aについて他言無用と言われていたが、金に目がくらんでペラペラと話してしまったという。

「待って、興信所って何者よ!?」

「分からん。置いていった名刺には東京の住所が書いてあった」

しかもその後、再び房子のもとを訪れた興信所の人間は、加賀見酒造の株を売ってくれと告げた。

「えっ、うちの株って勝手に売れないわよね？」

加賀見酒造は、株式を自由に譲渡できないと定款《ていかん》で定められている。株の譲渡をする際、取締役会か株主総会の許可を必要とする、株式譲渡制限会社なのだ。

「ああ。それで興信所はすぐに諦めたって言ってた。その後は義姉さんのところに現れていないそうだ」

「その興信所が来たのって、いつのこと？」

「基本合意を締結した後ぐらいだって言ってた」

いったい誰が興信所に依頼をしてまで、加賀見酒造のことを調べに来たのか。理由がさっぱり分からない。

このとき次の料理が運ばれてきた。世那が食事をするよううながすと、父親は食べながら話を続けた。

「今週、仲介の三島さんから情報漏洩について問い合わせがあって、そのときはまだM&Aの噂は流れてなかったんだ。でも翌日、いきなり従業員の間に広まっていた」

「誰が流したの？」

「会社のホームページにお問い合わせフォームがあるだろ。それにM&Aについて書かれていて、気づいた総務の事務員が騒いで……」

止める間もなかったと父親はうなだれる。すぐさま従業員に口止めしたが、しゃべらないかどうかは分からないと。

まさか密告みたいな形で従業員に知れ渡るなど、世那にも想定外だった。

「それで、社員さんたちはどう考えているの？　今まで通りの待遇で働けるって、オーナーが変わるだけって説明したの？」

「ああ。若い連中は転職しなくて済むって納得してくれた。でも……池田《いけだ》工場長が退職願を出した」

「池田さんが……」

父親と同年代の幹部社員で、祖父の代から働いている最古参だ。役員でこそないが、加賀見酒造の中核事業を現場で仕切っているキーパーソンになる。

伯父が急逝してド素人の父親が入社した際、一から十まで仕事を教え、父親を支えてくれた恩人だ。池田とは家族ぐるみの付き合いがある。

「池田さんは親父に恩があったらしくって、加賀見家以外のオーナーは受け入れられないって言うんだ」

「あー、池田さんなら業界にコネもあるから、あの歳でも転職できるでしょうね……。かわりになる社員さんっていないの？」

「いないわけじゃないが、池田さんレベルの人はいない。あの人が抜けると現場は混乱する」

「育ててないの？」

「……池田さんの定年までまだあるから、そう急がなくてもいいと思ってたんだ」

何を甘っちょろいことを言ってるのかと、世那は行き場のない苛立ちを必死に押し殺した。

池田の退職は痛い。それに彼が加賀見酒造の幹部社員であることは、酒造業界に知れ渡っているため、定年前に突然辞めたら様々な憶測が流れるだろう。それもあまりよくない内容で。

そのうえでM&Aの噂が漏れたら、非常にまずい流れになる。

「……そのこと、三島さんに相談した？」

答えなど分かりきっているが、聞かずにはいられなかった。世那が知らないなら甲野も仲介会社も知らないことになる。

父親はそっと視線を横にずらした。痛いほどの沈黙が室内に満ちる。

「うちの業績が悪化したら、M&Aの話が流れたり、譲渡価格に影響するのよ？　早めに対策を考えないと」

「俺は……今回のM&Aを撤回したいと思っている」

「どっ、どっ、どういうことよ！」

思わず甲高い声を上げてしまい、慌てて口を閉ざした。個室とはいえ襖《ふすま》一枚隔てた廊下では、店員が行き交う気配を感じられるのだ。

「お父さんっ、M&Aをやめてどうするのよ。負債はほっといても消えやしないわよ」

「それなんだが、資本提携《しほんていけい》を申し出てくれた企業があるんだ」

「……は？　出資する企業がいるってこと？」

「ああ。資本提携なら経営権を失わないだろ？　これなら池田さんも辞めないし、大変だけど今のまま俺が社長を続けようかと――」

「お父さん!!」

バンッ！　と世那が両手で座卓を思いっきり叩いた。

父親は目を丸くして仰け反っているが、もう世那は気遣うことも声量を抑えることもできず、膝立ちになって言い募る。

「トップ面談で甲野ホテルホールディングスのどこを見てたの？　会社の規模？　財務能力？　それとも譲渡対価？　もちろんそういったことも大切だけど、社長が見るべきところって、うちの事業や社員や歴史、もう何十年と続く取引先との信頼を託すことができるかって、そういうところじゃないの？」

「………」

「その資本提携するとかいう企業、本当に加賀見酒造のことを考えてくれるの？　援助の額によっては経営に食い込んでくるわよ。相手企業が理不尽な口出しをしてきても、お父さんはちゃんと会社を守れるの？　単に経営権を渡したくないって理由でその企業の手を取って、本当に後悔しないって伯父さんとおじいちゃんに誓える？」

「………」

「あと忘れてるかもしれないけど、甲野ホテルホールディングスはうちとの独占交渉権を持っているわ。勝手に他企業と話を進めたら抵触するんじゃないの？　違約金を支払うはめになるわよ」

そのことを父親は忘れていたのか、ハッとした表情を見せると口を真一文字に引き結んだ。

あまりの情けなさに世那は泣きたい気持ちになる。

——これが我が社の社長だなんて。

このとき声かけもなく、いきなり襖が開いて男が室内に足を踏み入れた。

「世那、親御さんをそんなに追い詰めるもんじゃない」

突然、現れるはずのない甲野が入ってきて、父親は目玉が零れ落ちそうなほど目を見開いている。

「こっ、こ、こうの、ふくしゃちょう……！」

「お久しぶりです加賀見社長。親子水入らずの食事会にお邪魔して申し訳ありません」

「どっ、どういうことだ世那⁉」

驚愕と戸惑いと苛立ちの視線を娘に向ける。しかし娘の方は怒り心頭なので、父親以上の鋭い視線で睨み返した。

「お父さんとの話を聞いてもらっていたのよ。最初からね！」

世那が吐き捨てるように告げると、甲野が世那の隣に腰を下ろした。

「私は隣の個室で待機していました。世那さんのスマホと私のものをつなげていたのです」

スマートフォンを振る甲野が通話を切った。

父親は死んだ魚のような目になっている。

「騙し討ちみたいなことをして、まことに申し訳ありません」

深く頭を下げる甲野だったが、世那が彼を止めた。

「甲野さんを責めないでよ。お父さんとの話を一緒に聞いてって頼んだのは、私なんだから」

「どうして、そんな……」

「秘密保持を締結してるのに情報漏洩が起きて、そんな大変なときにめったに連絡しないお父さんが連絡してきたら、何かあるって思うわよ。お兄ちゃんに今日のお父さんの予定を聞いたら、『酒造組合の会合に行くらしい』って言われたのよ。家族に内緒でわざわざ東京に来るなんて、Ｍ＆Ａのことで思い詰めているんじゃないかって心配したんだから！」

父親はメンタルが弱い。サラリーマンだったときはそこそこ有能で出世もしていたのに、小さいながらも企業のトップとして社員とその家族の命運を背負う立場になると、たちまちプレッシャーに押し潰された。

だから世那は突然の父親の上京に、今生《こんじょう》の別れを告げに来たのかと不安を覚えたのだ。甲野は、「そこまで悩まなくても」と否定していたが。

その甲野から見ると父親は、「真面目で責任感が強いけど、慎重すぎて思い切ったことができない方のようだな。世那にそっくりだよ」になるらしい。納得いかない。

それはさておき。

「加賀見社長、お話は聞かせてもらいました。ですが落ち込むことはありません。Ｍ＆Ａで情報漏洩が起きるのは仕方がない部分もありますし、売り手企業の社長が途中で破談にするのも、よくある話なんです」

中小企業Ｍ＆Ａでは、最終譲渡契約の直前に破談となることが少なくない。売り手側の心変わりが原因であることも多い。

「手塩にかけて育てた会社を、やっぱり手放したくないと迷ったり、家族同然の社員の信頼を失うことを恐れたりするそうです。社長もずっと不安だったのではありませんか？」

父親は心情を話したくないのか口をつぐんだ。

甲野は不快に感じた様子もなく、にこやかに話を続けていく。

「会社譲渡の決断は口で言うほど簡単なことではありません。もしどうしても納得できないようでしたら、弊社は白紙でもいいと考えております」

その言葉には世那の方がギョッとした。思わず彼のジャケットの肘辺りを引っ張ってしまう。

甲野は世那に笑顔を見せて、「まあ、話を聞きなさい」と優しく頭部を撫でた。

二人の親しげな様子に、今度は父親の方が目を剝いている。パクパクと口を開けたり閉じたりする彼へ、甲野は爽やかな笑みを見せた。

「ですが先ほどのお話にあった、資本提携を申し出たという企業についてお聞かせ願えませんか。買収対象となっている企業にそのようなうまい話を持ちかける相手は、詐欺の可能性もあるのです」

「詐欺……」

真っ青になった父親は、慌てて鞄から書類を取り出した。なんでこんなものを持ち歩いているのかと、世那は微妙な気持ちになる。たぶん世那に見せて、母と兄の説得に協力してほしいとでも言うつもりだったのだろう。

……本当に社長に向いていない人だと胸が痛い。

うう、と服の上から胃の辺りを手で押さえていたら、書類を眺める甲野が口角を持ち上げ、皮肉そうに微笑んだ。

「ローズキャピタル株式会社か……なるほどね」

「知ってるの？」

「ああ。このファンドの社長って、心世会の理事長の親戚なんだ」

――心世会。

二条と真宮の顔が脳裏に浮かんで息を呑む。ここでその名前が出て「すごい偶然ね」と感心するほど能天気ではない。

父親の方は話が見えないので首をひねっている。

「世那、ローズキャピタルさんを知っているのか？」

「――そこは私がご説明しましょう」

甲野が、顔色を悪くする世那に代わって口を開いた。

ローズキャピタル株式会社は、世那が勤務する医療法人社団とつながっており、そこの理事長の娘が世那に対して恋愛がらみの嫌がらせをしていると。

父親は娘を見て唖然としている。

「恋愛がらみ？　おまえ、勤め先で何をやってるんだ？」

「世那さんに非はありません。私が世那さんと交際を始めたため、そのことが気に入らない理事長の娘が一方的に攻撃をしているのです」

父親は、何を言われたのか理解できないといった表情をしていた。世那はその顔を見られなくて顔を伏せる。

心世会の名前が出てきた時点で、甲野とのことは話さねばならないと悟っていた。しかし親に堂々と「付き合っています」と告げるのは恥ずかしい。

父親はたっぷり十秒以上も固まった後、ようやく半開きにした口を動かした。

「甲野副社長と、世那が、交際……」

「もともと世那さんとは、姪の歯の治療の際にお世話になっていました。そのときから仕事熱心で優しい素敵な女性だと惹かれていたのです」

その後、M&Aの際に偶然再会して、共に食事をしたときに交際を申し込んだと告げる。

「食事……確か、トップ面談の後で……」

「はい。世那さんは良識があって奥ゆかしく、真面目で理知的で、加賀見社長のいいところを受け継いだお嬢さんといった印象で、話しているうちに惚れ直しました」

うまいこと言うなぁと思いつつ、世那は頭から布をかぶって隠れたい気分になる。親の前で恋人が自分を褒めちぎるのは、大変居たたまれない。

しかし父親の方はまんざらでもない様子だ。

「そうですか……うん、うちの娘はどこに出しても恥ずかしくない子だと思っています。そう言っていただけると嬉しいですね」

なんとなく喜んでいるのが滲んでいた。……その気持ちは嬉しいのだが、なんて単純なのかと思う。顔が引きつりそうになった。

しかし甲野の方は、鉄壁の詐欺師スマイルを崩さない。穏やかで人好きのする笑みをたもったまま話を戻した。

「ローズキャピタルの件ですが、世那さんに嫌がらせをしている女性が背後にいるなら、加賀見酒造へ救いの手を差し伸べるとは思いません。何か裏があると疑った方がいいでしょう」

「そうですね……」

「私怨による嫌がらせ目的なら、興信所を使って社長のご親族に接触したのも、御社の問い合わせフォームにM&Aについて送ったのも、ローズキャピタルの可能性があります」

「…………」

「おそらく彼らは、今回のM&Aが破談になったら資本提携を白紙にするでしょう。仮に資金を出したとしても、会社乗っ取りを仕かける可能性が高いですね」

父親は疲れた様子でうなだれる。甘い誘惑に惹かれて誘いに乗りかけたら、その先には破滅と絶望が待っていたのだ。かなりへこんでいる様子だ。

「あと、社長は社員の方が辞めることを悲しまれていますが、その方は他企業の支配は受け入れられないとおっしゃったんですよね？　ではこのように考えられないでしょうか。私は甲野ホテルホールディングスの代表取締役になる予定なので、妻となる世那さんは社長夫人になります」

ストレートに結婚を示唆されて、加賀見親子が同時に同じ姿勢で硬直する。甲野は心の中で、「この二人、やっぱり似てるな」と思いつつ話を続けた。

「私の資産は妻のものでもあります。よってうちの傘下に入るということは、加賀見家の人間が御社を支配することにもなるでしょう」

父親がものすごく複雑な顔つきになっていく。確かに甲野の言う通りかもしれないが、池田が望んでいるのとは違うような気もする、と。しかし反論はしづらいだろう。

もちろん甲野は、父親の困惑を分かっていながら笑顔でゴリ押しする。

「そのように社員さんを説得してください。うちとしても技術職の従業員が辞められるのは困ります」

かわりの人間はすぐに見つからないし、貴重な人材が流出した後の、空箱の企業を買い取るわけにはいかないのだ。

世那も身を乗り出して口添えする。

「お父さんは池田さんが辞めなければいいのよね？　もし説得できないなら私も協力する

わ」

「あ、ああ……分かった。そうだな」

父親の言質を取った。世那は肺の中を空にするほど大きく息を吐いて、座椅子の背に深くもたれる。

その疲れた様子に、甲野が頭を優しく撫でてくれた。

食事後、世那は恋人と一緒に父親を新宿駅《しんじゅく》まで見送った。すると甲野は、改札口で父親と別れる際に笑顔で言い切った。

「独占交渉権に抵触したことは、仲介会社に言わないでおきます。この件については後ほどお話ししましょう」

ちょっとした脅しである。今回のM＆Aにおいて独占交渉権に法的拘束力を持たせてあるため、父親の契約違反が知られたら、損害賠償金が発生する可能性があった。

父親は顔を青白くさせてヨロヨロと帰っていった。

その後、世那は甲野と一緒に彼の運転でマンションへ向かう。フロントガラス越しの景色を見ながら、ぼんやりと二条のことを考えた。

――私への嫌がらせのために企業を陥れようとするなんて……そこまで憎かったの？

避けようがなかったこととはいえ、やはり責任を感じてしまう。危うくM＆Aが白紙になるところだった。

　そうなれば加賀見酒造は遠くない未来に倒産していたし、甲野との関係もギクシャクしていたのではないか。……もしかしたら二条の目的はそれかもしれない。

　心の痛みを感じて目を閉じる。しばらくすると温かい手で頬を撫でられた。

「また悩んでるだろ」

　瞼を持ち上げて横目で恋人を見れば、彼はいつもと同じ穏やかな笑みを浮かべていた。世那の父親の所業に腹を立てている様子はない。

「……お父さんのしたこと、ごめんなさい」

「気にするな。売り手企業の社長が手のひらを返すのって、本当に珍しくないんだよ。以前話したこと、なかったたっけ？」

　確かに聞いたような気がする。記憶を探ると、初めて甲野と食事をしたときを思い出した。

「胃癌になった社長さんのことよね」

「うん。その社長以外にも最終契約直前に、『一度M&Aをやめたい』って言ってきた人もいた。やっぱり会社を売るのって、途方もない勇気と決断力が必要なんだろうな」

「そっか……」

「だから加賀見社長の件は、揺らぎやすい売り手社長の隙を突いた心世会の奴らが悪い。

自分の責任だと思うなよ」

「うん……、ありがとう」

恋人の思い遣りが嬉しくて、そっと彼の引き締まった太ももに手を乗せた。すかさず握り締めてくる。

「情報漏洩を知ったとき、心世会を調べるって言っただろ。あそこの理事長は娘に激甘だって有名らしい。だから二条さんがここまでのことをしたんだろうけど、まともな親なら協力なんてしない。親子そろって倫理観が欠けている。世那が気に病むことじゃない」

「院長先生も関わっていたのかな……？」

「さあな。でも無関係ってことはないだろ。世那が二条さんのストーカー行為を告発しても、その院長って彼女を咎めなかったんだろ？」

「うん……」

あのとき受けたショックは今でも鮮明に思い出せる。しかも甲野が女たらしだなんて大嘘を吐き、二条の方が彼にふさわしいとまで言い切った。

何を思って二条に加担したのだろう。真宮を高潔な医師だと信じていただけに、この結末はつらかった。

世那は再び目を閉じる。父親との話し合いに疲れていたのもあって、マンションに着くまで眠っていたかった。

けれど精神が高揚しているのか眠気はやって来ない。……理由は分かっている。

真宮が黒でも白でも、心世会がやったことを思い返せば、もうプルクラでは働けないと理解しているから。

倫理にもとる行為に目をつぶって、何もなかったかのようにふるまうなど、己の心がすり減るだけだ。

「……プルクラを辞めるわ」

目を閉じたまま呟けば、甲野が頭を優しく撫でてくれる。

「それがいい。あの職場に大切な君が働いているのは心配だった。次の職場が見つかるまでゆっくりしろよ」

「うん……」

守られているという安心感が心地よくて嬉しかった。

「そうだ。今から指輪を買いに行かないか？　親御さんに結婚の意思を示したんだから、婚約指輪を贈らせてくれ」

あえて明るい口調で告げるのは、世那の心情を慮ってのことだろう。彼の気遣いが嬉しいのと、今部屋に戻ったら考えすぎて落ち込みそうなので、世那は素直に頷いた。

◇　◇　◇

翌日の月曜日。世那はプルクラでの終業後、院長室へ向かうと退職届を提出した。

真宮はデスクにあるそれを見ながら、深いため息を吐いた。

「やっぱりこうなっちゃったか。頑張って妨害工作したのになぁ」

その言葉で、心世会がM＆Aを潰そうとした件に真宮も関わっていたと分かった。

世那は奥歯を噛み締めて叫び出しそうな気持ちをこらえる。

「理由を聞かせてくださいませんか」

教えてはくれないだろうなと思っていたが、真宮は頷いた。

「加賀見ちゃんと甲野さんに結婚してほしくなかったの」

「二条さんのためにですか？」

すると真宮が嘲《あざけ》るように鼻で嗤《わら》う。

「あいつは心世会の面《ツラ》汚しよ。加賀見ちゃんが甲野さんと付き合うことになって、ザマァッて思ったわ」

意外すぎる言葉に世那は目を瞬いた。

「それなら、どうして……」

呆然と呟けば、真宮は世那の全身を疲れた表情で眺める。

「いい服、着てるわね。それに指輪も男の牽制《けんせい》が感じられる、いい品だわ。彼氏のプレゼントよね？」

はい、と頷いた世那は自分の右薬指に視線を落とす。

婚約指輪を買いに行ったものの、フルオーダーの指輪は完成まで三ヶ月ほどかかる。そこで甲野は納品までの間、虫よけリングをつけてほしいと懇願してきた。

指輪はギリギリ普段使いできる石の大きさとデザインで、目玉が零れ落ちそうな値段だったことは、なるべく思い出さないようにしている。

真宮はその指輪に注目していた。

「身に着けているもの、あなたの給料じゃ到底買えないものばかりだわ」

「そうですね」

完全同意なので深く頷いた。

今までは甲野と格差がありすぎて、彼との交際に引け目を感じ続けていた。真宮の指摘通り、己の価値観が一般人と乖離《かいり》していくのが怖くて。

けれど今は自分なりの答えを出している。

贅沢は愛情表現の一つであり、彼の愛そのものとは関係ないと。自分は彼が一文無しになっても、永遠についていくと決めている。

「甲野さんみたいな富裕層と付き合っていたら、金銭感覚がおかしくなるって言ったじゃない。あれは嘘じゃないわ。そういう子をいっぱい見てきたから。そのうち働くのが馬鹿らしくなって、遠からずプルクラを辞めていたわよ」

「そうでしょうか。確かに結婚して子どもが生まれたら、産休か退職になるとは思います。でも今辞めてもすることがありません」

「……そうかもね。加賀見ちゃんは男の金で遊びまくるタイプじゃないもんね……」

真宮が自嘲気味に笑うから、世那にも察するものがあった。

「つまり私の退職を阻止したかったってことですか？」

「まあね。でもあなたがごく普通のサラリーマンと付き合ったなら、ここまでのことはしないわ。結婚しても共働きになるでしょ？」

はぁーっ、と重いため息を吐いた真宮は、唐突に話を変えた。

「ねえ、これからの歯科業界で生き残っていくには、何が重要だと思う？」

「えっと、いろいろありますが、先生のお言葉を借りるなら小児歯科ですか？」

「そうよ。私は三十年後も現役の歯科医でいるつもりだけど、その頃になれば高齢の顧客は残っていないわ。でも子どもは来院し続けてくれるし、次の世代の子どもを連れてきてくれる」

なんとなく真宮の言いたいことを察した。

世那はプルクラでもっとも子どものあつかいがうまく、幼い子を通院させている保護者から絶大な信頼がある。そういう人材を逃したくないとの思いから、これほどのことをしたのかと複雑な気持ちを覚えた。

評価されるのは純粋に嬉しい。真宮は働きに応じて給与も上げてくれた。歯科衛生士はそこまで高給取りではないので、プルクラで働けたことは本当に幸運だと思っている。

だからこそ退職届を見て悲しくなった。優秀な人材を引き留めるためなら、何をしてもいいと考える真宮の下では働けなくて。

「……先生の期待に応えたいと邁進《まいしん》してきましたが、倫理観に欠ける行為を許容できません。一ヶ月後に退職します。短い間でしたが、お世話になりました」

深く頭を下げて院長室を出る。引き留められることはなかった。


その日の夜、兄から連絡があった。

『親父から聞いたよ。伯母さんが情報を漏らしたことや、ローズキャピタルのこと』

「ちゃんと話したんだ。黙っているかと思った」

『黙っていてもいずれバレるだろ。それに世那が甲野さんと付き合ってるって、言わずにはいられないって様子だったから、話の流れで全部白状していた』

なんとなく兄の声が弾んでいる。世那は兄がニヤニヤと笑う顔を想像して、イラァッとした。

「お父さん、甲野さんのこと何か言ってた？」

『いきなりのことで驚いてたけど、うちの親って基本的に放任じゃん。結婚できるならよかったって考えてるみたいだな』

「お母さんは？」

『あー、おふくろはなぁ……たぶん思い出したんじゃないかな？』

「何を？」

『甲野さんのこと。二回目のトップ面談のとき、おふくろが甲野さんの顔をやたらと見てたの覚えてる？』

「ああ、そんなことあったわね。顔が気に入ったのかと思ったけど」

『違うって。でも記憶に引っかかったんだろうな。甲野さんと世那の交際を聞いて、やっぱりあの子よねーって叫んでたから』

「あの子？」

誰のことだろうと首をひねる。そして兄は妹の疑問に答えなかった。

『おまえさ、甲野さんのこと思い出した？』

「ちょっと待ってよ。さっきからなんの話？」

電話口の向こうで、兄が馬鹿にしたようなため息を吐いている。

『あぁ～奴がかわいそう。というかおまえって甲野さんのことをなんて呼んでるの？』

「……甲野さん、だけど」

『結婚を考えているくせに、そっけなくない？　まあ、あいつが呼ばせないんだろうけど、一度名前で呼んでみろよ』

じゃあな、と一方的にしゃべりたいことだけしゃべって通話を切ってしまった。何が言いたかったのか、本気で分からない。

ただ、名字呼びがそっけないのは同意できる。

――甲野さんの名前って……なんだっけ？

これはまずいと猛烈に焦ってしまう。恋人の名前が分からないなんて、冗談で済むことではない。

急いで彼にもらった名刺を取り出せば、〝各務〟とある。読めないのでネットで調べてみた。

――かがみ、かくむ、かがむ……どれだろう。〝かがみ〟だったら私の名字と同じだけど。

このときその読み方に、頭の中で何かが弾けるような感覚があった。同時に、彼が敬語から砕けたしゃべり方に変えた際、美しい笑みに見覚えがあるような、懐かしいような感じを覚えたことも思い出す。

「……かがみ、ちゃん……？」

セピア色の記憶が脳の奥底からあふれてくる。

忘れかけていた美しい思い出に意識が搦め捕られ、世那はしばらくの間、その場から動くことができなかった。

甲野が帰宅したのはかなり遅い時刻だった。先に風呂に入っていた世那は、待ちくたびれてソファでウトウトしてしまった。

なんとなく彼の気配を感じて瞼を持ち上げると、バスルームから出てくる恋人の姿をとらえた。

「あ、お帰りなさい……」

「すまん、起こして。でもベッドで寝た方がいいぞ」

甲野はシャワーを浴びたようで、バスローブ姿で髪を拭いている。そのタオルを脱衣場に放り投げると、世那を横抱きで優しく持ち上げた。

まだ半分眠っている状況の世那は、ぼんやりしたまま素直に恋人の首へ縋りつく。彼が寝室のベッドにそっと下ろしてくれた。

「ありがとう、かがみちゃん……」

呟いた途端、ビギィッ！　と甲野が硬直した。驚愕の顔つきで、世那を下ろした中腰の姿勢のまま固まっている。しかも額には冷や汗が滲んでいる。

世那はやはり、ぼんやりとしたまま指を伸ばしてその汗を拭った。

かもしれない。

自分としては懐かしい名前を呼びたかったが、成人男性をちゃん付けで呼んだら不愉快
「……かがみちゃんより、各務さんの方がいい？」

「せっ、世那、今、俺のこと……」

「どうしたの……？」


「そうじゃなくて、その、思い出したのか？　昔のこと……」

甲野があまりにも焦っているから、世那はだんだんと目が覚めてきた。何度か瞬きすれば、恋人の顔がひどく緊張していることに気がつく。

ノロノロと起き上がってベッドに座り込んだ。

「うん。甲野さんって西尾のおばあちゃんのお孫さんよね。女の子の格好をしてた可愛いかがみちゃんのことは、今でもよく覚えているわ」

にこっと笑顔で過去を告げると、甲野は顔面蒼白になっている。しかもヨロヨロとベッドに腰を下ろし、頭を抱えて蹲っていた。

「えっ、どうしたの？」

恋人の顔を覗き込んでみるが、彼は答えようとしない。ショックを受けている様子なので、いつも彼にしてもらうように広い背中を撫でてみた。

かなりの時間が経過してから、やっと甲野がそのままの姿勢でボソボソと声を漏らす。

「……嫌じゃないか?」

「何が?」

「その……俺、女装してただろ。気持ち悪いとか、思わないかなって……」

「全然思わないわ。性的マイノリティなんて今どき珍しくないし。それにかがみちゃんは好きで女装してたわけじゃないでしょ?」

そこでようやく甲野が、のっそりと緩慢な動作で顔を上げた。

「あの頃の俺の事情、知ってたのか?」

「ううん、詳しくは知らない。でも西尾のおばあちゃんは甲野さんのこと、『じゅんこちゃん』って呼んでたじゃない。それに孫じゃなく娘だって主張してたから、何かあるんだなって幼いなりに感じていたわ」

当時、西尾家で家政婦をしていた世那の母親は、しょっちゅう我が子たちへ注意することがあった。

『西尾のおばあちゃんの前で、かがみ君のことを名前で呼んじゃ駄目よ。それと東京での暮らしのことも聞いちゃ駄目。おばあちゃんが嫌がるから、かがみ君と会えなくなっちゃうわよ』

世那は、大好きなかがみちゃんと会えなくなるのは嫌だったので、母親の言いつけをきっちり守って彼の事情を詮索しなかった。

そして彼が女の子の格好をしていることも、特に気にしていなかった。

彼の顔が恐ろしいほど整っているため、女装をすると本当に女の子にしか見えないから、ときどき男子であることを忘れるほどで。

甲野が東京に帰ってからは、長期休みの際にこちらへ来るときは男の子の格好をしていた。しかし西尾家に入る前は、必ず庭の隅にある大型物置の中で女児服に着替えていた。

そのような姿を見ていれば、子どもながらに事情があると察する。

でも世那はどうでもよかった。美しい女の子のかがみちゃんも、格好いい男の子のかがみちゃんも、どちらも大好きだったから。

彼と会えることが嬉しくて、細かいことは考えなかった。

「かがみちゃんって私の初恋だったのよね。だから甲野さんが初恋の人だって知って、すっごくときめいちゃった」

両手で頬を包んで照れる世那の表情に、嫌悪など微塵も浮かんでいない。本気で喜んでいる様子に、甲野は力なくベッドにうつ伏せで倒れ込んだ。

「よかった……」

「ん？　どうしたの？」

「世那に、嫌われるんじゃないかって、ずっと怖かった……」

初めて聞く弱々しい声だった。強者である彼の弱った姿に驚き、そこまで怯えるほど気にしていたのだと申し訳ない思いを抱く。

「そっか、人によっては悩むわよね。私にしてみれば、もっと早く言ってくれたらいいのにとしか思わなかったけど」

「……そうだな。君は同性愛者の元カレと付き合ってたぐらいだもんな」

その言葉にあることを思い出した。

「ねえ、甲野さんって山ちゃんのこと知ってるのよね？」

「……理久に聞いた」

あのおしゃべりめ、と心の中で兄をフルボッコしておく。真相を知れば、いろいろと合点がいくことがあった。

「M&Aの件、もしかしてお兄ちゃんのために受けてくれたの？」

「どちらかといえば世那のためだな」

「えっ、私？」

「理久に家業ついて相談されたのは確かだけど、加賀見酒造を助けたいと思ったのは君の実家だからだ。それに理久から、君が家業に貢献していないことを心苦しく思ってるって聞いて、じゃあM&Aに協力させたらいいと提案した」

伯父が亡くなったとき、世那は地元の歯科医院で働き始めたばかりだった。

理久も会社員をしていたが、加賀見酒造を継ぐために退職し、県外のウイスキー蒸留所へ修業のために転職した。

けれど世那は家族から、そのまま歯科医院で働きなさいと言われてしまった。

せっかく歯科衛生士の国家資格を取得したのに、それを捨ててまで家業を手伝えとは、両親は言えなかったのだ。それに女の子ならいずれ嫁に行くと考えていたのもあって。

けれど世那にしてみれば、家が大変なのに自分だけが蚊帳の外で寂しかった。同時に、家族が自分を想う気持ちも分かるため、強く反対することもできなかった。

理久はそんな妹の心情を気にしていたという。

そんな裏事情があったと知って、世那は胸が熱くなる。自分は知らないうちに甲野に、いや、各務に守られていたのだ。

「結衣をプルクラへ連れていったのも、君に会うのが目当てだった」

「……ありがとう。嬉しい。でもいったいいつから私のこと好きだったの？　やっぱり小さいとき？」

「………………」

うつ伏せでしゃべっていた甲野がムクリと起き上がる。そして世那に覆いかぶさると無言で唇を塞いだ。

——あ、これは言いたくないってことだわ。

でもいつから好きだったかなんて、どうでもいい。今、好きな人が愛を返してくれるから満足だ。幼い頃の思い出は尊いけれど、これから二人で紡《つむ》いでいく歴史の方が重要だと知っている。

そう思えば体が熱くなって、彼にときめく胸の奥で火が点ったかのようだった。広い背中に腕を回して強く抱き締め、自分から舌を彼の口内へ差し出す。

世那がその気になったことを察した各務が、舌を絡ませつつ局部を押し当ててくる。バスローブを盛り上げるほど昂る一物が、世那の太ももを淫らにこすった。

その硬さで、世那は彼の欲情度合いを感じ取る。恋人を求める彼の気持ちが嬉しくて、自然と流れ込む唾液を美味しく味わい、飲み下す。

息継ぎの合間に、吐息が触れ合う近さで囁いた。

「疲れてない……？」

今日はまだ週の初めで、もう日付が変わろうとする時刻だ。師走でスケジュールがびっしりと詰まっている彼は、毎晩帰宅が遅い。

しかし各務は悪戯を仕かける子どもみたいな表情を見せる。

「世那に触れているだけで疲れなんて吹っ飛ぶさ。それに疲れていたとしても、元気になったって分かるだろ」

彼の瞳には、恋人を食らい尽くそうとする大人の危うさがあった。匂い立つ男の色香に、世那はクラクラして腰が痺れてくる。

すぅ、と彼の香りを肺いっぱいに吸い込んで、たくましい肉体に縋りついた。

「各務さん、好き……」

彼を女の子と思って呼んでいた名前ではなく、一人の男性として、愛する人としての名を呼ぶと、各務は世那の耳元で満ち足りた声を漏らす。

「ああ、世那、俺も好きだ……」

起き上がった各務が、もどかしそうに世那のパジャマを脱がして全裸にすると、自身もバスローブを脱ぐ。

彼は恋人の脚を開くのが好きなので、世那は自ら開脚して濡れた蜜口を見せつけた。秘園は彼に食べてほしくてすでに濡れており、発情する女の香りを放って男を誘っている。

各務は興奮した表情で、とろみがかった秘唇にむしゃぶりついた。

「んんぅっ」

「ハッ、世那……世那……」

何度も名前を呼びながら、肉びらを一枚一枚執拗に舐めてくる。世那が感じやすい浅瀬の粘膜を舌先でくすぐると、蜜液がこんこんと湧き出てきた。

「あぁ……んっ、ふぁ……」

各務はあふれ出る蜜を指にまとわせ、じゅじゅっと粘液をかき分けつつ指を二本も沈める。彼に躾《しつ》けられた体は肉襞を波打たせて、付け根まで抵抗なく飲み込んだ。

「熱い……ナカもとろとろ……」

世那はキスだけでも、条件反射のように体の準備を整えてしまう。彼に美味しく食べてもらえるようにと、体温を上げて蜜を零して誘惑の香りを放っている。

「あっ、ん……気持ちいい……」

感じていることを言うと彼はとても喜ぶから、最近の世那は羞恥を押し殺して素直に伝えることにしていた。

彼の喜悦は世那にとっても嬉しい。もっと喜んでもらおうと膣孔がいやらしくうねり、指をぎゅぎゅっと締めつける。

「すごい、俺の指がぐちゃぐちゃ。ふやけそうだ」

そう言いながら指を三本に増やしてきた。根元まで埋めると、関節を曲げては伸ばしながら媚肉を優しく引っかいてくる。しかも同時に手首を回すものだから、蜜路をまんべんなく刺激されて快感が四肢へと広がっていく。

「んあっ、まっ、そんな、たくさん……」

さらに各務は、秘唇から顔を覗かせつつある蜜芯に吸いついた。軽く歯を当てて甘噛みしては、慰めるように舌で左右に揺らし、途切れることなく愛撫する。

同時に三本の指で丹念に嬲り、内と外から世那を啼かせようとするから、たまらない。

感じまくる世那は身悶えして快感を逃そうとするが、それ以上に指と唇と舌が一緒に刺激してくるので、あまりの気持ちよさに悶絶する。

「ひっ、あっ、あぁっ、はぁっ、んあぁぁ……っ」

ナカで指がばらばらな動きを見せて、予想のつかない快感を刻んでくる。彼の舌が蜜芯を弾くたびに、言葉にならない悦楽が背骨を伝って脳天までほとばしる。

気持ちよすぎて、だんだんと苦しくなってきた。呼吸がしづらく、精神が熱く焼け焦げて、血潮が沸騰しそう。

しかも彼の指が世那の好い処を重点的にこするから、まともな言葉を発することもできずに善がり続ける。

もう思考がうまく働かない。ただただ喘ぐことしかできない。

「あんん……っ！」

快楽を極めたのは、あっという間だった。

世那のうっすらと桃色に染まった肢体が、びくんびくんっと跳ね上がって痙攣する。意識まで桃色に染まって、目を開いているのに何も見えない。

知らないうちに潮《しお》を吹いたのか、尻の辺りのシーツがひどく濡れていた。そのことを察した世那は、ようやくまともな思考が戻ってくる。

――やだ……恥ずかしい……

初めてではないものの、自分が享楽に耽《ふけ》っていたみたいで居たたまれない。できればこの現象は避けたいのに、彼の手練手管に屈服している体は、本人よりも恋人の意思によって管理されている。彼が恋人を潮を吹くまで啼かせたいともくろめば、世那でさえ抵抗できなかった。

ううう、と恥じ入っていたら、ゴムをつけた陰茎が蜜口を拡げようとする。熟れて食べごろになった肢体をあますところなく貪ろうと、青筋が浮くほど怒張した男根が貫いてくる。

「んんぅ……っ」

極めたばかりの蜜路を、三本の指よりも太くて長い一物が強引に拡げてくる。それだけでも気持ちいいのに、結合部に体重をかけられて子宮口を突き上げられたら、もう正気ではいられない。

「んぁ――……」

世那は頭をイヤイヤと振りながら、涙をボロボロ零して再び達してしまう。

「うあっ、締まるっ、すごい」

顎を上げて呻く各務の声が官能で揺れている。

世那はその声を聞いて、朦朧としながらも胸がときめいた。いつも恋人を好きなだけ嬲る彼が、今は自分に追い詰められていることが嬉しくて。

啼きながら下腹部に力を込め、咥え込んだ肉竿をさらに締めつける。

「世那……気持ちいい……」

各務が恋人の汗だくの体を抱き締め、激しい腰使いで蜜路を掘り返してくる。

世那は一度達しているのもあって、すぐにまた快楽が飽和しそうになってきた。好きな男に愛される行為がこれほど気持ちいいのかと、官能の底なし沼へと沈んでいく気分だ。

「わたしも……、きもちいぃ……すき……」

揺さぶられながら彼の耳元で囁けば、各務が荒々しく唇を重ねてくる。いつも泰然とする彼が余裕を捨てて猛《たけ》る姿に、それだけ興奮していると感じられ、胸が高鳴って止まらない。心臓が破裂しそうなほど激しい鼓動を打っている。

それはもしかしたら、彼との過去を思い出したせいかもしれない。

大好きだった初恋の子。かがみちゃんとの縁が切れたときには、しばらく家族に隠れて泣いたほどだった。

本当は東京まで会いに行きたかったけれど、彼の祖母は東京の住所を教えてくれなかった。もう二度と会えないと諦めるしかなかった。

それが今、こうして彼の腕の中で愛されているなんて夢のようだ。これが夢なら永遠に覚《さ》めないで。

「ふぅっ、ぷはっ、あぁっ、あぁん……っ」

高揚して口づけが続けられなくなると、各務は体を起こして猛然と抽挿を叩きつけてくる。

彼のリズムで上下に激しく揺さぶられ、肉襞のすべてを剛直で刺激される。逃れようのない快感を強制的に植えつけてくる。

そのためお腹の中だけでなく頭の中も彼でいっぱいだ。肉体も精神も彼の色に染まって支配されるよう。

それが気持ちよくて心地よくて、もうあなたなしでは生きられない――

「あぁっ、もぉっ、あぁぁぁ……っ！」

意識が勢いよく高みへと放り投げられる。脳が溶けそうなほど気持ちいい。

でもそこから落ちてくるのが恐くて彼の腕をつかむと、指を恋人つなぎにして力を込めてくれた。

だから絶頂の快感と怖さに耐えられたし、あなたのもとへ帰ってこられるから嬉しい。

痛いぐらいの力で指を握ってくれたおかげで、真っ白になった意識が徐々に戻ってくる。

気づけば肩で息をする彼が再び覆いかぶさっていた。お腹の中を占領する肉棒が、びくんびくんと断続的に跳ね上がっている。

世那は恋人が精を解放する瞬間も好きだったりする。彼が無防備な姿をさらけ出す様子は、自分に甘えてくれているように感じられて。

絡み合った指を離し、頭部に腕を伸ばしてよしよしと撫でる。

しばらくすると激情が収まったのか、各務が押し殺した笑い声を漏らした。

「君に頭を撫でられると、昔を思い出す」

昔？　と首をひねる世那が記憶を探る。

そういえば子どもの頃の彼は言葉が話せない時期があり、世那や理久も彼の意思がくみ取れず、各務に悲しそうな顔をさせてしまうことがあった。

そのたびに世那は彼の頭を撫でていた。

――そんなこともあったわ。

懐かしい記憶に胸が温かくなる。

「俺はずっと世那ちゃんを覚えていた。もう忘れられていると思ってたけど、あの頃を覚えていてくれて、しかも大人になった君を手に入れられて幸せだ」

彼が感慨深く、なんとなく湿った声で呟くから、その心が落ち着くまで世那はずっと彼の頭部を撫でていた。

エピローグ

師走も後半に入って年末が近づきつつある木曜日、甲野ホテルホールディングス株式会社と、加賀見酒造株式会社は、最終譲渡契約を締結する調印式を執《と》り行った。

会場は加賀見酒造がある県の、甲野ホテルホールディングスが運営するホテルの会議室だ。

そこに集まったのは、加賀見酒造側が社長を含む取締役四名、つまり加賀見一家。そして甲野ホテルホールディングス側は、担当の各務と、加賀見酒造へ異動する取締役一名に、代表取締役社長——つまり各務の父親が出席した。

その父親の機嫌はあまりよろしくない。とはいえ大手企業の社長をやっているだけあって、表面上はにこやかな顔を崩すことはなかった。内心は腸《はらわた》が煮えくり返っているだろうが。

なぜ彼がここまで不機嫌なのかというと、先日、各務が実家に顔を出した際、世那と結婚をする意思を伝えたからだ。

父親は息子が、親の敷いたレールを一生歩いていくと信じ込んでいたため、用意した縁談を無視して伴侶を決めたことに激高した。

絶対に許さんと叫んだため、各務はおかしくて鼻で嗤ってしまった。

『おいおい、自分を棚に上げて何言ってんだよ。大恋愛の末に周囲の反対を押し切って結婚したのは、どこのどいつだ？』

父親は面白いぐらいピタッと口をつぐんだ。

『別に俺は親の許しなんていらないけど、カノジョがうちの親に挨拶したいって言うから筋を通しただけだ。このまま親子の縁を切ってくれたら、俺としては万々歳《ばんばんざい》だけど』

『それが親に言うセリフか！　解任するぞ！』

『どうぞご自由に』

『なっ……！』

息子がサラッと了承したため、父親は目玉をひん剝いて驚いていた。

彼は息子に会社を継がせたいと常々零しており、各務はそのことを知っていたので、慌てふためくだろうとの目算があった。

もっとも、自分はクビになっても構わないと本気で考えている。今まで通りの暮らしを維持する資産は保有しているし、会社を辞めれば世那と過ごす時間も増える。暇に飽きたら起業すればいい。

まあ、今辞めると加賀見酒造とのM&Aが面倒くさいことになりそうだが、もし破談になったら自分が持株会社を設立して株式を買い取ろう。

『今から辞任表を書くから受け取ってくれ』

本当に辞任表を書いて父親に渡そうとしたが、彼は顔を真っ赤にして怒りながらも、頑として受け取らなかった。しかたなく辞任表をリビングテーブルに置いて自宅へ帰った。

うやむやにされないよう、翌日は出社してすぐに社長室へ押しかけた。

『辞任の挨拶回りに向かいますので、手続きをよろしくお願いします』

と頭を下げたら、『結婚を認める』と父親はあっさり折れた。……チョロすぎないだろうか。もうちょっと粘るかと思っていたのに。

とはいえ父親は捨てゼリフで、『どうせすぐ破局するだろうから、それまで待ってやる』とムカつくことを呟いていた。

――親父と一緒にするな。あんたが最初の結婚に失敗したのは、結婚したことに満足して妻を放置し、家庭を無視したせいだろうが。俺は世那を一生大切にして守ってみせる。

親父のようには決してならない。

各務を孫と認めていなかった祖父母も、彼が実績を積んで社内での足場を固めてしまうと、手のひらを返してすり寄ってきた。

もちろん各務は相手にしていない。自分も彼らを祖父母だとは思っていないので。

義母は夫の決めたことに口を挟まない人だから、継子の結婚に関しては特に意見も言わないので、ちょうどよかった。

——でも会社を大人しく継ぐのも癪《しゃく》だな。親父が退任するときに俺も会社を辞めようかな。世那の地元で起業してもいいし。なんなら加賀見酒造をもっと大きくしてもいいし。

その愛する世那へ意識を向ければ、彼女は恋人の父親との対面に緊張している様子だ。

調印式が始まる前に、各務は世那と加賀見一家を父親に紹介していた。

『社長。結婚を前提としてお付き合いをしている加賀見世那さんです』

父親の業務用笑顔が盛大に引きつったのは見ものだった。しかし世那は緊張しすぎて気づかなかったらしく、頑張って冷静な声で挨拶をしていた。

その様子がいじらしくて可愛くて、各務は思い出すだけで心が温かくなる。自分はどんな世那でも可愛くて大好きなので。

頭の中で色ボケの花を咲かせつつも、微笑を浮かべて調印式に臨む。仲介会社の三島の進行によって成約セレモニーが始まった。

両社の代表取締役が契約書などの各書類に署名捺印して、それぞれ今後について挨拶をする。

最後に成約の祝いとして乾杯をしたら終了だ。

——ようやく終わった。

調印式はゴールではなく、二社の統合プロセスのスタートになる。それでもM&Aは時間と手間と金をかけるので、無事に成約できてホッとした。

特に終盤にあった、加賀見社長の契約違反にはつくづく呆れた。あんな分かりやすい詐欺に引っかかる社長って、やっぱりいるんだと微妙な気持ちになったものだ。

でもそのおかげで、彼を代表権のない会長にすることができた。甲野ホテルホールディングスから送り込む取締役を、社長に据えることも了承させた。早いうちに加賀見酒造を立て直せるだろう。

ちなみに工場長の池田は残ってくれた。世那が遠くない未来に親会社の社長夫人になると聞き、度肝を抜かれて考え直したという。

『あの小《ちい》さかったお嬢さんが、そんなたいそうな人になるとはねぇ……じゃあ、お嬢さんのためにも定年までは勤めないといかんなぁ』

早急に後任を何人か育てるとも言っていた。誰が抜けても他の社員がその穴を埋められるのが望ましいため、ありがたい提案だ。

というか、そういうことを考えるのが社長の役目のはずだが……

「——お疲れ様、各務さん」

解散となって世那が笑顔で近づいてくる。その自然な表情がとても可愛くて、仕事用の顔が崩れそうになった。

「世那もお疲れ様。肩の荷が下りただろう」

「そうね。これから懇親会だけど、各務さんのお仕事は大丈夫なの？」

父親は忙しさを理由に、逃げるようにして会議室を出ていった。実際に年の瀬で慌ただしいので、加賀見家側はまったく気にしていないが。

「社長ほどじゃないし、ちゃんと調整はしてあるよ。移動しようか」

この後の懇親会は、結婚報告を兼ねた場でもあるためレストランを予約してある。

懇親会の話を聞いた理久は、『俺のこと、お義兄様って呼べよ！』と気持ち悪いメッセージを送ってきたので既読無視した。それでもときどき、こちらの顔を見て瞳を輝かせているから、ものすごく期待してそうだ。

死んでも言わねーよ、と思ったとき、世那が手を握ってきた。

「各務さん、いろいろとありがとう。全部あなたのおかげだわ」

こちらを見上げる世那の瞳に、万感の思いがあふれているように感じた。それは幼い頃の彼女に見たことがないから、とても長い時間が経過したのだと当たり前のことを実感する。

自分はずいぶん遠回りをしてきた。もっと早くに世那への気持ちを認めていれば、人生はさらに豊かになっていただろうに。

——でも時間を巻き戻したいとは思わない。今、世那が俺のそばにいて、死ぬまで一緒にいると約束してくれたから、それでいい。

過去を悔いる時間などもったいない。これから彼女と生きる未来に思いを馳《は》せた方が建設的だ。この手のひらから伝わるぬくもりが消えない以上、己の幸福は続くのだから。

そう思えば、自分こそ万感の思いがあふれてくる。

各務は周りの視線が逸れたとき、背中を屈めて素早く愛する恋人へ口づけた。

あとがき

皆さま、お酒は好きですか？　私は大好きです。某ＳＮＳに呟くときはたいてい酔っぱらっている駄目人間なので、今回のテーマは酒です。この書き出しって以前もやったことがありまして、そのときはワインがメインでしたが今作は蒸留酒が出てきます。というか私の作品って登場人物が酒を飲んでいることが多いので、今後も酒が出てくるでしょう。

今回、取材と称して某蒸留所へ見学に行ったんですが、施設内はアルコールの香りが充満してて、とてもいい気分で見て回りました。また行きたい。そして山ほど買ってきたウイスキーやジンは、このあとがきを書いているときには全部消えていました。おかしいな。皆さんも飲み過ぎには注意してください。

今作のイラストは氷堂《ひどう》れん先生に描いていただきました。ありがとうございます、すっごく嬉しいです！　キャララフをいただいたとき、ちょっと体調を崩していたのですが気力が湧きました。

そして担当編集のＹ様、フランス書院編集部様、制作にご尽力いただきました皆様、なにより本書を手に取ってくださった読者様、本当にありがとうございました！

オパール文庫をお買いあげいただき、ありがとうございます。
この作品を読んでのご意見・ご感想をお待ちしております。

◆ ファンレターの宛先 ◆

〒102-0072　東京都千代田区飯田橋3-3-1
プランタン出版　オパール文庫編集部気付
佐木ささめ先生係／氷堂れん先生係

オパール文庫Webサイト
https://opal.l-ecrin.jp/

Opal

モテすぎ御曹司《おんぞうし》になぜか言《い》い寄《よ》られてます

著　者──佐木ささめ（さき ささめ）
挿　絵──氷堂れん（ひどう れん）
発　行──プランタン出版
発　売──フランス書院
〒102-0072　東京都千代田区飯田橋3-3-1
電話（営業）03-5226-5744
（編集）03-5226-5742
印　刷──誠宏印刷
製　本──若林製本工場

ISBN978-4-8296-5534-4 C0193

ずっと君を探してた
佐木ささめ
Sasame Saki
白崎小夜
エリート弁護士は地味系女子を諦めない
Fantasia
オパール文庫